ERNEST AMELINE

UN

CŒUR D'ARTISTE

POËME

RÊVES DU FOYER

L'Amour aux champs — La Morsure
Dans la montagne — Délivrance ! — L'Appétit vient en mangeant
Délire — La vraie Charité — L'Anniversaire
Homicide par imprudence
Le Nœud gordien — Le bon Docteur

PARIS

E. DENTU, LIBRAIRE-ÉDITEUR

17, 19, GALERIE D'ORLÉANS

1874

UN

CŒUR D'ARTISTE

POËME

—

RÊVES DU FOYER

DU MÊME AUTEUR

CHANTS D'EXIL

SOUVENIRS ARTISTIQUES

———

MAI 1874

LE CERCLE DE LA RUE ROYALE

PENDANT LA BATAILLE

———

LA CINQUANTAINE

———

A L'AVENTURE!

———

ERNEST AMELINE

UN

CŒUR D'ARTISTE

POËME

RÊVES DU FOYER

L'Amour aux champs — La Morsure
Dans la montagne — Délivrance! — L'Appétit vient en mangeant
Délire — La vraie Charité — L'Anniversaire
Homicide par imprudence
Le Nœud gordien — Le bon Docteur

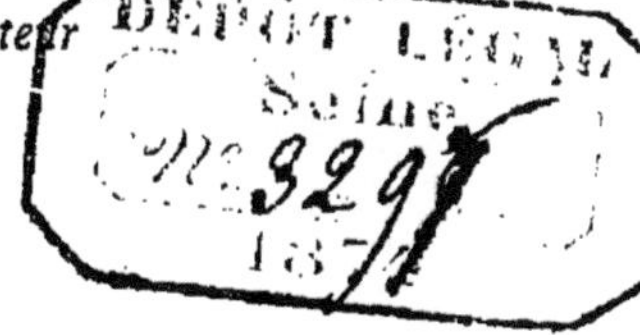

PARIS

E. DENTU, LIBRAIRE-ÉDITEUR

17, 19, GALERIE D'ORLÉANS

1874

UN CŒUR D'ARTISTE

POËME

UN

COEUR D'ARTISTE

« Peste ! deux pianos ! m'écriai-je en entrant,
Et d'Érard ! s'il vous plaît. — Quelle rage te prend
De collectionner, en pleine république,
Et par le temps qui court, ces boîtes à musique ?
Contre un luxe pareil, il serait bon, ma foi,
De protester en masse et de rendre une loi.
Deux pianos à queue ! »

         — « Oh ! n'en prends pas ombrage.
Ce qui t'offusque tant n'est qu'un simple héritage,
Pour mieux dire un dépôt dont j'ai le plus grand soin.
Tu souris ?... De mon feu chacun prenons un coin,
Et je vais, — dusses-tu, mon cher, ne pas y croire, —
Tout au long te narrer la douloureuse histoire
De ce bel instrument. Ce ne sera pas gai,
Mais, je puis t'en répondre, au moins ce sera vrai ;

Car j'en suis le héros. Écoute et puis oublie;
Nos jours ne sont déjà que trop mêlés de lie. »

§

C'était pendant le siége. On avait faim et froid.
Chaque soir nous voyait blottis au même endroit,
Causant à la lueur d'une seule bougie
Du peu que nous savions des maux de la patrie.
Puis, quand minuit sonnait, d'un triste *brasero,*
— On avait dix degrés au-dessous de zéro, —
Nous approchions nos pieds, nous battions la semelle,
Et tout d'un trait, chez nous, volions à tire-d'aile.

Un jour, — c'était je crois un dimanche matin,
Car l'office sonnait dans un clocher lointain, —
Je passe à mon café plus tôt que d'habitude,
Et je m'y trouve seul. — Sous forme de prélude,
Autour de moi s'agite un lugubre garçon
Fredonnant, sans mesure, une morne chanson ;
Puis, soudain, de la main il se frappe la tête,
Fait volte-face, accourt, et devant moi s'arrête :
« Monsieur, voulez-vous faire une bonne action ? »
Dit-il.
          — « Qu'attendez-vous ? ma bénédiction ?
Je n'ai qu'elle à donner par ce temps de détresse,
Et si vous la voulez ?
                              — Non. Prenez cette adresse.

Moi, j'ai fait l'impossible et je ne puis plus rien ;
Mais vous, monsieur, mais vous, si vous le voulez bien...
Demeurez un instant... vous les verrez peut-être...
Oui, les voici là-bas... tout contre la fenêtre. » —
Mes yeux suivent son doigt, et j'aperçois, alors,
Le front contre la vitre et grelottant, dehors,
Deux femmes ! J'entrevois plutôt leur silhouette :
D'un chapeau démodé l'ébouriffante aigrette,
Une robe de moire usée en maints endroits,
Restes infortunés des splendeurs d'autrefois ;
Car m'étant avancé, tout à coup, sous le givre
Elles ont disparu. Je veux, je vais les suivre :
« Restez, » dit le garçon, « attendez à demain. »
Et puis il a repris son éternel refrain.

Encore tout honteux de ma sotte faiblesse,
Entre mes doigts crispés je retournais l'adresse :
« Puisque monsieur sait où les oiseaux vont percher,
Que sert, ajoute-t-il, de les effaroucher ? »
Il avait du bon sens ce brave domestique,
Et son raisonnement me parut sans réplique.
Sur la même banquette, alors, tout près de moi,
Il s'insinue et vient apaiser mon émoi.
Personne autour de nous ne guette, ne surveille,
Nous sommes seuls, enfin ! — Tout contre mon oreille
Il se penche et me dit :

                    « Je fus pendant cinq ans

A leur service, mais voilà de ça longtemps.
Le mari détestait la maison, la famille,
Passait cinq nuits sur six chez une ignoble fille,
Et sa femme attendait... attendait jusqu'au jour,
En couvrant de baisers son enfant... son retour.
Elle avait le cœur noble et l'âme bien douée,
Mais on se lasse enfin d'être ainsi bafouée.
Un jour arriva donc, où, sans bruit, sans éclat,
Sans mettre en évidence un facond avocat,
Mais d'un commun accord, et comme à bout de force,
Ils laissèrent tomber ce grand mot : Le divorce !
Ce que devint Monsieur? on peut le deviner.
Quant à Madame... belle à vous faire damner,
Sur ses pas se trouva plus d'une providence,
Des amis, soi-disant farcis de bienveillance,
Dont les projets longtemps ne se pouvaient cacher,
Et trouvant l'épi mûr qui voulaient le faucher.
Puis plus tard, de ses gens elle fit maison nette,
Et je perdis le cours de l'errante planète.
Jamais, pendant dix ans, je ne la rencontrai,
Malgré, pour la revoir, tout ce que je tentai ;
Quand un soir de printemps, en brillant équipage,
Allongée à côté d'un grave personnage,
Je la vis qui passait. Elle me reconnut
Et me fit de la tête un très-léger salut.
C'était la même femme !... adorable !... angélique !...
Elle reconnaissait son ancien domestique !
Oh ! croyez-moi, monsieur, pour ce salut j'aurais...

Mais pourquoi m'attendrir? Vite arrivons aux faits.

Je la revis encor dans un coupé modeste,
En fiacre... même à pied... Vous devinez le reste.
Puis arriva la guerre... elle ne passa plus.
Je la croyais bien loin, quand, un jour, j'aperçus
Contre la devanture une femme au teint pâle,
S'appuyant au chambranle. Un reste de vieux châle
A la frange élimée à peine la couvrait.
Elle paraissait jeune, et mon œil indiscret
D'un profil beau jadis recomposait la ligne,
Quand du doigt, tout à coup, elle me fait un signe.
J'approche... C'était elle ! A son aspect flétri,
A sa taille courbée, à son buste amaigri,
J'aurais encor douté, si sa voix, son sourire,
Sur moi n'avaient soudain repris tout leur empire :
« Ciel ! vous ici ! madame ; en cet horrible état !
— Écoutez-moi, dit-elle, et surtout point d'éclat.
Vous savez si je fus une bonne maîtresse ?
Eh bien ! vous seul pouvez soulager ma détresse,
Étendre sur ma fille et sur moi votre main,
Sur ma fille surtout... qui peut mourir demain.
Oh ! je fus bien aveugle en ne voulant pas croire
Que nous n'aurions jamais un retour de victoire,
En rejetant bien loin un investissement,
Le siége, la famine et l'affreux dénûment ;
Et me voilà réduite aux dernières ressources !
De mes amis, déjà, se referment les bourses ;

Peu à peu j'ai vendu ce que je possédais...
Tout! sauf mon piano. De lui seul, désormais,
Cet ancien compagnon, dépend notre existence ;
Dans le naufrage il est ma suprême espérance.
Hier, chez un prêteur, j'allais pour l'engager,
— Il ne nous restait rien, il fallait bien manger ! —
Quand votre souvenir m'a rendu le courage.
Vous m'êtes apparu comme, pendant l'orage,
Ce refuge pieux si longtemps attendu
Qui s'offre tout à coup au voyageur perdu. »

De sa voix j'écoutais la note caressante,
Et je la revoyais de grâce éblouissante,
Belle de sa beauté, sans diamants ni fleurs,
De ses salons dorés faire encor les honneurs :
« Je vous suis dévoué, dis-je, que faut-il faire?
— Nous retirer du gouffre où plonge la misère.
Un service étranger me serait un affront,
Mais jamais devant vous ne rougira mon front. »

Elle me dit alors — du moins je crus comprendre —
Que je devais sur l'heure, à n'importe qui, vendre
Son magnifique Érard... n'être point exigeant,
Pourvu qu'à l'instant même on en reçût l'argent.
« C'est ici, reprit-elle, un rendez-vous d'artistes,
On les y voit traîner des heures mornes, tristes ;
J'en appelle à leur cœur. Qu'ils connaissent mon sort,

Et qu'il y va pour nous de la vie ou la mort;
Sans peine ils trouveront, ne fût-ce qu'une élève!
A mes jours désolés qui mettra quelque trêve.
Je n'espère qu'en vous... Au revoir! à demain! »
Et comme à son égal elle me tend la main.

Moi j'espérais aussi... Je l'avais rassurée...
L'illusion, hélas! fut de courte durée.
Le soir, quand j'en parlai :
                    « Ce fameux instrument?
Eh bien! montrez-le-nous, » me dit-on méchamment.
Je ne répondis rien... et je donnai l'adresse.
Elle en avait biffé son titre de comtesse,
Mais beaucoup, cependant, reconnurent son nom.
On promit... De serments je fis ample moisson;
Et ce fut tout, hélas! — On avait tant à faire
Que, les talons tournés, on n'y pensa plus guère. —
Voilà de ça huit jours, et huit fois qu'à ce seuil
Je la vois revenir. D'un rapide coup d'œil
Elle lit sur mon front ce qu'il lui reste à vivre,
Et s'en va trébuchant sans que j'ose la suivre.
A grand'peine ai-je pu, par deux fois, en secret,
Lui glisser de l'argent... mais à titre de prêt.
Aujourd'hui que la corde est pour moi trop tendue,
Oh! pourquoi de nouveau s'offre-t-elle à ma vue,
Sur sa fille appuyée, et formant toutes deux
Un groupe de misère horrible, douloureux?

§

J'en savais trop. D'un geste, aussitôt, je l'arrête
Et m'élance dehors sans détourner la tête.
J'arrive :
            « Madame X...? demandai-je au portier.
— C'est ici ; dans la cour ; en haut de l'escalier ;
Tout au fond du couloir ; le nom est sur la porte. »
Je frappe... On vient m'ouvrir. Une ôdeur âcre et forte
A la gorge me prend : cette malsaine odeur
Dont s'imprègne en tout temps le vice ou le malheur.
J'entre... je comprends tout ! Sur les murs de la pièce,
Des indigents honteux suinte la détresse.
Dans un coin, sur un lit tout défait, encor chaud,
Des vêtements épars, et plus loin un réchaud
Où petillent encor quelques morceaux de braise,
Débris infortunés d'une dernière chaise.
Sur ses talons assise, au foyer presque éteint,
— Oh ! j'aurai sous les yeux ce tableau toujours peint ! —
Se penchait à demi, dans un châle enroulée,
Les bras et le cou nus, la tête échevelée,
Vrai type de pauvresse, une enfant de seize ans,
Qui présentait au feu ses membres grelottants.
— C'était, qu'on s'en souvienne, en plein mois de décembre ! —
Transi, j'étais entré dans la sordide chambre,
Mais, quand sur moi l'enfant eut levé ses grands yeux,
Et que, pour s'échapper, secouant ses cheveux,

Ils tombèrent en touffe autour de ses épaules,
Tels que dans un ruisseau le branchage des saules,
Je sentis tout à coup une étrange chaleur
Dans mes veines courir et m'embraser le cœur.

Il fallait bien, pourtant, expliquer ma présence :
« Madame, demandai-je après un long silence,
Vous avez, ai-je appris, à vendre un piano?
— Le voici. Vous pouvez l'essayer.

                      — Diavolo!
Le superbe instrument! quelles basses splendides! »
— Et mes doigts voltigeaient sur le clavier, rapides. —
« Magnifique! divin! parfait! » disais-je encor
En le faisant vibrer sous un brillant accord.
Puis, sur un coffre assis (nous n'avions plus de siéges!)
Et coupant l'entretien par de fréquents arpéges :
« Vous en voulez combien? là, raisonnablement?
— Ce qu'on m'en offrira dans un pareil moment.
— Mais ce n'est pas ainsi que vous devez l'entendre.
Pour en toucher l'argent, comme il faudrait attendre,
Que votre but, dès lors, ne serait pas rempli,
Il faut, — puissé-je voir mon conseil accueilli! —
Il faut, dès aujourd'hui, le mettre en loterie.
— Par ces temps désastreux? quelle plaisanterie!
— Je me charge de tout; et, d'abord, je m'inscris
En tête de la liste et voilà mon louis.
Des billets à cinq francs! qui n'oserait en prendre
Mériterait, ma foi, la corde pour le pendre!

— Mais le tirage?

              — C'est une autre question,
Et je puis bien, pour vous, m'en porter caution.
Le cercle où l'ennemi nous tient et nous enferme
Un jour s'élargira. La guerre aura son terme;
Et lorsque renaîtra pour nous un temps meilleur,
Du tournoi nous pourrons proclamer le vainqueur. »
Puis, j'ignore comment une chanson bachique
M'arrivant sous les doigts a clos la polémique.

« Ma foi, c'est par trop fort! vous jouez mon morceau? »
Dit une voix sortant de dessous un rideau;
Et, dans l'écartement d'une épaisse tenture,
Se montre, à l'improviste, une blonde figure;
Puis une chaste main ramenant jusqu'au cou
De nombreux plis flottants. C'était à rendre fou!
L'enfant, lorsque j'entrai, qui s'était envolée,
N'osant pas revenir sans être rhabillée,
Formait ainsi tableau dans un encadrement
Qui mettait en relief son visage charmant.
O ciel! qu'il s'en faut peu, dans un transport de fièvre,
Que sur ce front si pur je ne pose ma lèvre!
« Oui, je le reconnais ce fantasque morceau,
Reprend-elle, et sur lui je vais crier : haro!
Car, par le temps qui court, n'est-il pas dérisoire
De la jouer ici, cette chanson à boire!
Mais quoi?... vous vous moquez? ce regard protecteur...
Je devine, grand Dieu! vous en êtes l'auteur! »

Et tandis que sa voix se confond en excuse,
Moi, de son embarras, je ris et je m'amuse.

§

Dans mes nombreux amis, tous des cœurs excellents,
Le soir même, au café, je recueillais cent francs.
Sans dire un traître mot de cette loterie
Qui n'était de ma part qu'une supercherie,
Pour forcer la fierté, le ridicule orgueil
A faire à mon aumône un bienveillant accueil;
J'avais tout simplement exposé ma requête :
Et malgré que les cœurs ne fussent guère en fête,
— Nous venions de subir l'échec de Champigny,
L'avenir pour nous tous était bien rembruni ! —
On avait fait le whist pour mes deux protégées.
Tout fier de ma recette et les poches chargées
De pièces, de billon, dès le petit matin
Chez elles j'accourais; j'étalais mon butin
A leurs yeux éblouis, avec la longue liste
Où rentiers, commerçants, jusqu'au méchant artiste,
— Tous noms de contrebande, — avaient leur numéro
Inscrit bien en regard sur un grand folio.

L'arbre tout desséché qui retrouve sa séve,
Au zéphyr printanier la fleur qui se relève,
Peindraient mal le tableau que j'avais sous les yeux.
Les jours de désespoir changés en jours heureux,

Rien ne les décrirait, ni geste, ni parole :
La mère sanglotait et l'enfant était folle,
Si folle... qu'oubliant qui j'étais, tout à coup,
De ses deux bras charmants elle entoure mon cou.
Pour sortir d'embarras :

                                 « Jouez-moi quelque chose, »
Dis-je.

        — « Je le voudrais, mais devant vous je n'ose;
Un véritable artiste! un grand compositeur!
Voyez plutôt; mes mains déjà tremblent de peur.
— Qu'importe! jouez-moi cette chanson bachique :
Ce contre-sens horrible en pleine république,
Comme vous la nommez, puisque d'ici longtemps
Vous pouvez défier les orages, les vents. »

. . . .

. . . .

Elle avait du talent : non ce talent qu'on prône
Par manière d'acquit, comme on fait une aumône,
Mais un talent réel, profond et sérieux;
Pourtant quelques défauts. En mots affectueux
Je les lui signalais, quand sur moi sa paupière
Se leva tout humide. Était-ce une prière?...
Elle me prit la main dans ses mains, vivement,
Et sans dire un seul mot la serra longuement.

« Puisque si jeune en vous l'artiste se révèle,
Et que jaillit déjà la sublime étincelle,
— Repris-je, — mes loisirs, je peux, le voulez-vous?

A polir votre jeu vous les consacrer tous.
Oh! si par ce moyen s'abrégeaient les journées,
D'un rayon s'éclairaient nos sombres destinées!
Ne me refusez pas. Mon titre d'étranger
M'interdit, hors des murs, d'affronter le danger;
Mais, Français par le cœur, consacré par la France,
Je veux avoir aussi ma part de sa souffrance,
Et je cours, dès l'aurore, au chevet du blessé.
C'est là que mon devoir jusqu'au soir m'est tracé!
Bientôt le jour s'enfuit, et, quand l'ombre s'allonge,
Dans de tristes pensers mon pauvre cœur se plonge.
Du siége j'entrevois l'inévitable fin :
Les Allemands vainqueurs... Paris mourant de faim...
Le couteau sur la gorge, une France asservie
A plier les genoux, à demander la vie...
Oh! c'est un affreux rêve! et si je peux ici
Le bannir un moment, je vous dirai : merci! »

Eût-on pu résister à ma franche éloquence?
Je n'étais, après tout, d'aucune conséquence :
Un professeur!... De plus, les cheveux grisonnants
Sont un porte-respect pour qui n'a que seize ans.
Aussi, toute troublée et ne sachant que dire,
Signa-t-elle le pacte avec un beau sourire.
Dès lors, je sens en moi combattre, tour à tour,
La tendresse d'un père et les feux de l'amour.
Quand j'apporte, le soir, le produit de ma quête,
Que sur ma longue liste elle incline la tête

Et déchiffre le nom de chaque bienfaiteur,
Mon front doit resplendir d'une sainte lueur.
Mais quand nous parcourons tous deux les symphonies,
Enfantements divins des plus vastes génies,
Si nos rapides doigts s'effleurent en chemin
Et que ma main, parfois, se croise avec sa main,
Mon âme alors déborde et d'extase et d'ivresse,
Il me vient, malgré l'âge, un regain de jeunesse...
Puis je songe, courbé sous son chaste regard,
Qu'elle n'est qu'une enfant... quand je suis un vieillard.

§

De mes amis, bientôt, la bourse fut vidée.
Alors, il me poussa la plus superbe idée!
Ces femmes?... Oh! je veux de leur taudis affreux
Les enlever... chez moi les prendre toutes deux.
Bien que le temps ne fût guère à la médisance,
Quand je leur en parlai ce fut presque une offense.
J'attendis... Le hasard devait mieux me servir.
Un matin, — je ne peux y songer sans frémir,
Et me rappelle encor l'heure, le jour, la date, —
Sur Paris endormi soudain la foudre éclate.
D'un siége sans pareil pour activer la fin,
La Prusse bombardait le faubourg Saint-Germain.
Ses boulets, jusqu'alors, effleuraient nos murailles;
Ils n'osaient à la ville arracher les entrailles,
Quand, pour fêter Noël, un ordre souverain,

Triste bouquet, hélas ! changea notre destin.
Depuis le Panthéon jusques à Notre-Dame,
L'obus porte partout et la mort et la flamme ;
Il siffle dans la rue et frappe sur leurs bancs,
Près de leur professeur, de tout jeunes enfants[1].
C'en est fait ! Nous entrons dans la phase du siége
Qu'on flétrira toujours du nom de sacrilége,
Où l'ennemi jurant de nous anéantir
Crève tous ses canons pour allonger son tir.

Mon cœur était en proie à des craintes mortelles,
Quand, soudain, à ma porte on frappe... ce sont elles !
Un obus a percé le toit de leur maison ;
D'une chambre voisine abattu la cloison ;
Et, ne sachant où fuir, à travers mille rues,
Jusques à mon logis elles sont accourues.
Deux femmes implorant aide et protection...
Diable ! me diras-tu, la belle occasion
De passer un caprice ou quelque fantaisie !
Eût-on trouvé jamais une heure mieux choisie?...
Eh bien, quand je les vis entrer, leur seul aspect
Me fit courber le front dans un muet respect.
Le cadre était nouveau. Comme dans un mirage,
La belle enfant, pour moi, prenait une autre image,

1. Plusieurs enfants furent tués par le premier obus dans une
école de la rue de Vaugirard.

Les Allemands appelaient, dans leur froide cruauté, ce massacre
l'*instant psychologique.*

Et, refoulant bien loin mes désirs criminels,
Je me sentais au cœur des élans paternels.
Oh! qui pourrait jamais te faire résistance,
Attrayante jeunesse, invincible puissance?
Tu parais?... tout s'anime à ton brillant soleil!
Devant toi plus de nuit... le grand jour!... le réveil!
Aussi, dès qu'à pas lents les pauvres fugitives
Ont dépassé mon seuil, hésitantes, craintives,
Tout à coup il se fait comme un rayonnement
Venant je ne sais d'où, dans mon appartement;
Et quand je leur ai dit : « Ce logis est le vôtre,
Vous me feriez injure en en cherchant un autre; »
Un coin de mon salon avec art ménagé,
En chambre, par leurs mains, est soudain arrangé.
Je mets, pour l'embellir, la maison au pillage,
Fais des meubles que j'ai le scrupuleux partage,
Et, de leur luxe ancien connaissant les secrets,
Combats à chaque instant leurs refus trop discrets.

. . . .

Tu souris?... Oh! je sais qu'à tes yeux l'apparence
De ce séjour commun doit ternir l'innocence;
Tu ne croiras jamais que l'on ait pu marcher
Près d'elles, deux longs mois, sans jamais trébucher;
Et qu'on ait respiré le même air que ces femmes
Sans un élan d'amour, sans un échange d'âmes;
Et sans que les grands mots : aide, protection,
D'un manteau n'aient couvert ma folle passion?...
Eh bien, prends ces feuillets où, selon ma coutume,

J'ai jeté, jour par jour, au courant de la plume,
Comme un père qui doit les léguer à son fils,
Les lambeaux dispersés de tout ce que je fis.
Le récit y perdrait en passant par ma bouche,
Tel qu'un fruit qui se fane aussitôt qu'on le touche;
Lis et vois si mes soins furent ceux d'un amant,
Ou d'un père anxieux tremblant pour son enfant. —

§

Ces pages, les voici :
                    J'en passe quelques-unes,
Qui, d'un long siége, hélas! peignant les infortunes,
Remettaient sous nos yeux ces bizarres débris
De chiens et de chevaux, de légumes pourris,
Et ces brouets sans nom, chefs-d'œuvre de cuisine,
Qu'on avalait malgré leur répugnante mine;
Et dans la nuit plongés nos vastes boulevards,
Et le canon tonnant au loin sur les remparts;
Pour courir tout d'un trait à des feuilles sans date,
Indice trop certain d'une main qui se hâte,
Où d'illisibles mots l'un sur l'autre entassés,
De courts alinéas fiévreusement tracés,
Des lacunes, des points et des tronçons de phrases
D'une sombre douleur marquant toutes les phases,
Me tombent sur le cœur tels qu'un funèbre glas,
Et l'adieu d'un mourant aux choses d'ici-bas. —

Le *****

Je me sens revêtu d'un sacré ministère.
Hier, en me quittant, l'enfant, comme à son père,
Sans trouble, m'a tendu son front plein de candeur
Où j'ai mis un baiser... où j'ai mis tout mon cœur;
Et sa mère, à son tour, avec un bon sourire,
Doux reflet du bonheur que son âme respire,
De moi s'est approchée, et, me serrant la main,
M'a dit furtivement : « Nous causerons demain. »

. . . .

Demain, c'est aujourd'hui ! — J'ai prolongé ma veille,
Demandant à la nuit qui souvent nous conseille,
Si loin qu'il se trouvât de m'indiquer un port...
Mais j'ai senti sur moi comme un souffle de mort.
Est-il pour l'avenir un malheureux présage?
Mon Dieu, jusqu'à la fin donnez-moi du courage,
Bénissez mon appui, mon hospitalité,
Tout ce que mon cœur seul en ce jour m'a dicté ! —

*****

Le canon, tout à coup, a frappé mon oreille...
C'est le jour ! — Près de moi tout s'anime, s'éveille.
A travers la cloison j'entends un pas discret
Avec précaution glisser sur le parquet;...
Des mots entrecoupés qu'on échange à voix basse ;...

Puis, soudain, dans ma porte un frais minois s'enchâsse;
Et, — chez l'enfant déjà souffle de chasteté, —
Son regard m'interroge avec timidité.
Sur un signe elle accourt; elle me tend sa joue;
A mon cou, comme hier, un de ses bras se noue,
Et je pose à son front un baiser paternel...
Un baiser qui me donne un avant-goût du ciel.
O charmante candeur! adorable ignorance!
Oserait-on jamais flétrir tant d'innocence!
Sa mère la suivait. — Tout ce qu'elle m'a dit
En mots entrecoupés, dans un fiévreux débit,
Ses fantasques projets qui tenaient du délire,
Et ses yeux dans les miens qui semblaient vouloir lire,
Comment les oublier? — Son plan avait été,
Dans un stupide orgueil, follement arrêté :
Je devais, les laissant aux étreintes cruelles
De la faim et du froid, vivre séparé d'elles;
Ma maison n'était plus qu'un abri passager
Où je pourrais encor de loin les protéger;
On biffait d'un seul trait l'existence commune;
J'étais mis en dehors de leur triste fortune. —
Entre nous, aussitôt, un généreux combat
S'est livré; mais, d'un mot, j'ai mis fin au débat,
En exigeant chez moi complète obéissance
Et qu'on s'en rapportât à ma sage prudence.
Où serait le mérite, où donc le dévoûment,
Si, le jour trop prochain de l'affreux dénûment,
On les comptait parmi ces saintes héroïnes

Qui, dès l'aube, assiégeant la porte des cantines,
Tendent, ainsi qu'un pauvre, une tremblante main
Vers ce mélange impur que l'on nomme : du pain !

. . . .

Aurais-je été cruel, que, soudain, un nuage
Dans ses yeux a passé, précurseur de l'orage?
Par mégarde ai-je dit quelque mot outrageant
Qu'elle apporte aussitôt tout ce quelle a d'argent?
Non. — Sa voix me rassure.

            « Acceptez sans ombrage,
— Dit-elle, — cet argent, c'est celui du ménage.
Vous nous avez donné votre entière amitié,
Que pour le reste au moins, nous soyons de moitié. »

                 1er janvier 1871.

Minuit ! premier janvier ! aurore d'une année
Qui, pour nous, au malheur d'avance est condamnée !
Le matin on s'aborde, et, sans se dire un mot,
On se serre la main, on étouffe un sanglot.
Que de portes, hélas ! jadis accoutumées
A s'ouvrir en ce jour, vont demeurer fermées !
J'ai couru... j'ai trappé chez de bons vieux amis...
Et dans la mort, déjà, trois s'étaient endormis !

. . . .

Donnons ma faible aumône à l'indigente assise,
De froid toute marbrée, au porche de l'église.

Elle m'a dit parmi ses trop nombreux souhaits :
« Que le bon Dieu vous garde et vous donne la paix ! »
La paix? mot singulier ! horrible dissonance !
Que ne l'ai-je, ô mon Dieu ! ce serait pour la France !

Je rencontre en montant chez moi, dans l'escalier,
Marthe, mon cordon bleu, sur le dernier palier.
Son geste embarrassé, sa grotesque figure,
Ses mots incohérents qui ne sont qu'un murmure,
Me font tout à la fois craindre, espérer, frémir ;
Je n'ose, heur ou malheur, ici l'approfondir.
Quand j'entre, le couvert est mis, la nappe blanche.
— Outre le Jour de l'An, c'était aussi dimanche. —
Tout autour de la table, aux feux de mes flambeaux,
Scintillent mes couverts et mes luisants cristaux :
Souvenirs bien lointains de ces jours d'allégresse
Où je jetais au vent ma modique richesse.
Mais quoi ! sur notre assiette, à chacun, du pain blanc !...
Je n'ose y croire encor... je le prends en tremblant,
L'approche de mes yeux, le flaire, le retourne...
Et pour cacher mes pleurs, à l'écart me détourne.
Bonne Marthe ! pour nous, oh ! qu'il a de saveur
Ce pain qu'elle nous offre avec un si grand cœur,
Sans même en conserver la plus mince parcelle !
Je veux, mais c'est en vain, partager avec elle :
« Non ; je suis faite à l'autre, et, tenez, sans détours,
Je m'en contenterais le reste de mes jours. »

. . . .

J'ai su la vérité. — C'est après mille peines,
Qu'au boulanger, tantôt, réclamant ses étrennes,
Marthe a pu, de la sorte, échanger tout l'argent
Qu'aux bonnes du quartier il donne au nouvel an.
Ce n'est pas tout encor. — L'incomparable fille,
Malgré ses soixante ans, autour de nous frétille,
Va, vient de la cuisine à la salle à manger,
Évite mon regard qui veut l'interroger ;
Puis, à l'heure marquée, ainsi qu'une relique,
Nous apporte avec pompe un poulet rachitique.
Je me lève de table, alors, tout transporté,
Et bien que Marthe, en don, n'ait pas eu la beauté,
Je l'ai, malgré ses cris, entre mes bras pressée,
Et, comme eût fait un fils, par trois fois embrassée.

* * * * *

Je vois ma protégée attiser le foyer,
Sa mère à tout moment ranger et nettoyer :
De Marthe l'une et l'autre ont partagé l'ouvrage.
Un trio féminin pour mon pauvre ménage,
Lorsque ma vieille bonne à toute la maison
Suffisait... Oh ! voilà qui passe ma raison !

* * * * *

Avec leur dévoûment que le mien rivalise !
Ménageons-leur aussi la plus douce surprise !

Retrouvons leur mansarde; à n'importe quel prix,
Du peu qu'elles avaient recueillons les débris !

Pour gagner, sans péril, leur ancienne demeure,
Au milieu de la nuit j'ai profité d'une heure
Que j'ai bien remarquée, où le bombardement
Paraît à bout d'haleine et meurt d'épuisement.
Replié sur moi-même et rasant les murailles,
J'arrive, en trébuchant, à ces larges écailles
Que soulève l'obus tombant sur le trottoir.
Hélas ! je croyais bien ne jamais la revoir
Cette chambre où le temps s'écoulait si rapide !
Quand j'y jette aujourd'hui leurs deux noms dans le vide
Et que rien n'y répond... une froide sueur
Monte à mon front soudain... Ce néant me fait peur.
Tout d'un « sauve-qui-peut » a conservé la trace :
Je cours au piano qui, seul, garde sa place,
Et j'y vois, grande ouverte, une partition :
Faust ! dont elle eut toujours la folle passion.
Le métronome est là, près du pupitre oblique
Que fait craquer encore un gros tas de musique.
Dans les tiroirs ouverts, du linge, des habits,
Qu'elles auraient pu prendre... et qu'elles n'ont pas pris.
Je les ai réunis; puis, de la cheminée
Décrochant une tête avec art dessinée,
Aux longs cheveux bouclés, une tête d'enfant,
Je la mets sur mon cœur et m'enfuis triomphant.

. . . .

Ce suave portrait, sa ravissante image,
Elle me l'a donné :

          « De nos longs jours d'orage,
Oh ! que pour vous, dit-elle, il soit un souvenir !...
Moi, pour vous oublier, il me faudrait mourir ! »

                                        *****

Sur un point qu'avec soin jusqu'alors elle élude,
Elle voudrait pourtant sortir d'inquiétude.
Le moment est propice, et la mutine enfant,
D'un ton demi-railleur, tantôt, m'apostrophant :
« Mais, si mon piano reçoit quelque avarie,
Que ferons-nous, monsieur, de notre loterie?
Intrigants ! dira-t-on. Là, vous auriez bien dû
Le traîner jusqu'ici comme vous auriez pu. »
. . . .

Poursuivons jusqu'au bout ma trop folle entreprise;
Et fasse que le ciel demain me favorise !
Son désir a trouvé dans mon cœur un écho;
Je vais braver la mort pour elle de nouveau.

. . . .

                                        ***** .

Le voilà près du mur là-bas qui se prélasse !
Oui ! c'était sur ma foi sa véritable place :
Même bois, même forme, et même ampleur de son,
Et tous les deux enfants de la même maison ! —

Complice, dirait-on, de cette noble tâche,
Le canon, comme hier, semblait faire relâche.
Tout s'est vite accompli. — Six hommes vigoureux,
Munis d'un long brancard se relayaient entre eux ;
Moi-même, je leur ai parfois prêté main-forte,
Et quand minuit sonnait je frappais à ma porte.

. . . .

Redoublez, ô destin ! vos plus terribles coups,
S'ils m'apportent encor des instants aussi doux !
Dans son premier sommeil en sursaut réveillée,
L'enfant dans mes bras tombe... Au hasard habillée !...
Je la tiens sur mon cœur... je sens battre son sein.
Inutiles efforts quand je veux mettre un frein
A ses transports subits de délire, de fièvre.
Ses baisers de mon front descendent à ma lèvre ;
Sa mère est à mes pieds et répète à genoux :
— « Que n'avez-vous vingt ans ! elle serait à vous. »

. . . .

§

Le récit, désormais, dans des pages sans suite,
Tel qu'un torrent fougueux, court et se précipite.
Point de phrases !... des mots ! de ces mots où l'on sent
D'un cœur au désespoir le véritable accent.
Parfois un de ces cris tranchant comme une lame :
« Demain, grande bataille ! épilogue du drame ! »
Plus loin, bordé de noir, un débris de journal

Et ce titre navrant : « Montretout ! Buzenval ! »
Puis le style, on dirait, cherche à reprendre vie :
« Hélas ! tout est fini ! Vidons jusqu'à la lie
La coupe du malheur ! — Sous un dernier effort
Paris a succombé ! — C'est son arrêt de mort ;
Et cadavre livide étendu sur la claie,
Il présente au vainqueur son incurable plaie. »

*****

— La bataille a versé par larges tombereaux
Des milliers de blessés dans tous les hôpitaux.
Ils regorgent... sur nous se déverse leur reste
Souvent tout infecté de typhus et de peste. —
Dans mon œuvre pieuse elles voudraient m'aider...
Que dois-je faire, ô ciel ! pour les dissuader
De courir avec moi, dès l'aube, à l'ambulance,
Prêter à nos soldats leur sublime assistance ?

28 janvier.

Du sanglant Golgotha dernière station !
Cri d'un peuple aux abois... Capitulation ! —
Dans le monde entier court la fatale nouvelle.
L'Angleterre nous tend sa féconde mamelle.
Le peuple[1] qui d'un mot eût changé notre sort,

1. Les Italiens.

Mais qui se détourna sans oser un effort,
Lorsque nous *l'avons fait* à force de batailles,
D'un reste de pitié sent frémir ses entrailles ;
Et, quand tout est perdu, se réveillant enfin,
Nous fait la charité d'une part de son pain !

＊＊＊＊＊

La Prusse autour de nous a détendu sa chaîne ;
Étouffés à demi, nous reprenons haleine ;
Paris s'ouvre aussitôt, et, Lazare nouveau,
Dépouille son suaire et sort de son tombeau.
Paris, cinq mois entiers, séparé de la France,
Qui sut tout endurer, sans peur, sans défaillance ;
Paris respire enfin l'air de la liberté ;
On acclame partout l'héroïque cité !

＊＊＊＊＊

Quand seule l'amitié l'un à l'autre nous lie,
Non, je ne saurais être arbitre de sa vie.
Il faut nous séparer... je le sais... je le sens ;
Car au fond de mon cœur si parfois je descends,
L'enfant qu'hier j'aimais comme un père, se change
En démon tentateur avec les traits d'un ange.

1er mars.

Je viens de le surprendre en passant par hasard
Près d'elles, ce grand mot redouté : Le départ !

En quête à chaque instant de lettres, de nouvelles
Qui leur soient un signal, ainsi qu'aux hirondelles
La feuille qui jaunit et les premiers frimas,
Pour s'envoler au loin sous de plus chauds climats;
Elles n'ont plus pour moi leur captivant sourire;
Et ce regard si franc où la bonté respire,
Qui sur le mien aimait sans cesse à s'attacher,
C'est en vain qu'aujourd'hui je voudrais le chercher!

. . . .

. . . .

*****

Hélas! tout est fini! — Comme une terre aride,
Ma pauvre âme languit; la maison paraît vide.
Sans Marthe, je perdrais un reste de raison.
Mais de sa main, souvent, la rude pression
M'arrache à ma torpeur, dissipe les pensées
Telles qu'un fer aigu dans mon âme enfoncées;
Et par elle j'oublie... et mon œil, un moment,
Suit un rayon d'espoir dans le bleu firmament.

31 décembre 1871.

Fatal anniversaire! ô triste fin d'année!
Sur quels bords, ô destin! l'avez-vous entraînée?

§

C'était tout. —
            Du récit soudain interrompu
Ne pouvant renouer le fil, hélas! rompu,
J'évoquais, pour combler son immense lacune,
Et l'insurrection et l'horrible *Commune*
Nous tenant sous sa serre, et faisant de Paris,
Pour couronner son œuvre, un immense débris.
Mais l'orage était loin... et la France sauvée!
Qui pouvait retarder leur prochaine arrivée?
Des jours nombreux pourtant s'étaient déjà passés
Depuis l'heure où ces mots avaient été tracés.
Je m'expliquais, dès lors, l'équivoque langage
Tenu par mon ami : *C'est un simple héritage,*
Pour mieux dire un dépôt dont j'ai le plus grand soin.
Il attendait toujours... elles n'arrivaient point. —

« Eh quoi! lui dis-je, rien... pas un mot, pas un signe,
Ne t'ont mis sur leur trace? — Oh! c'est infâme! indigne!
S'épuiser de la sorte en serments d'amitié,
Quand leur cœur n'en pensait pas, même la moitié! »

— « Pardon. — C'est là, dit-il, une bien autre histoire
Plus étonnante encor, plus difficile à croire.
Leur voyage entrepris et sans but et sans plan,

Devait dégénérer en curieux roman.
Je recevais d'abord une lettre de Berne,
Et quinze jours après on partait pour Lucerne.
On traversait la Suisse, on passait le Simplon...
Il eût fallu monter, pour les suivre, en ballon !
Le récit détaillé de leur folle équiquée
Formerait à lui seul une vaste épopée.
Mais bientôt, dans leur style un certain embarras
Se glisse... De nouveau je leur ouvre les bras !
Je leur révèle enfin l'insigne fourberie
Qui réduit à néant leur grande loterie
Dont j'avais jusqu'alors, ménageant leur orgueil,
Conservé le secret. — J'attendais qu'un écueil
Les brisât à jamais; qu'en tous sens ballottées,
De l'une à l'autre rive épaves rejetées,
Il ne leur restât plus qu'à rebrousser chemin
Pour les sauver encore en leur tendant la main...
Fol espoir ! A leurs yeux, du blocus et du siége,
J'avais, et pour toujours, perdu le privilége.
On me refusa net... mais en termes charmants :
Écho déjà lointain de leurs derniers serments;
Et l'on me confiait qu'un prochain héritage
Allait de quelques mois prolonger leur voyage.
Triste pressentiment ! tout, jusqu'aux moindres mots,
Pour la première fois dans mon cœur sonnait faux.
Je sentais sous leur joie et leurs élans d'ivresse
Percer sournoisement la profonde détresse,
Comme on sent les haillons d'un jongleur de tréteaux

Sous l'habit pailleté, les brillants oripeaux.
Ma lettre m'avait mis, il faut croire, en disgrâce ;
On ne m'écrivit plus... et je perdis leur trace.

. . . .

Depuis lors, je ne sais si je suis éveillé.
Peut-il se faire, ô ciel ! qu'elles m'aient oublié?
Où sont-elles? je veux, qu'importe la distance !
Leur porter, dès demain, un souffle de la France.
Ami, si nous partions tous deux?... »

§

En ce moment,
A la porte une main frappa discrètement :
C'était Marthe !... apportant avec un grand mystère
A son maître une lettre au timbre d'Angleterre.
Avant que de l'ouvrir il la garde longtemps,
Indécis, dans ses mains. — Enfin ses doigts tremblants
En brisent le cachet...

Ce fut comme la chute
D'un combattant à bout de force dans la lutte.
Son regard devient terne... il répète tout bas
Des mots entrecoupés que je ne comprends pas ;
Puis je vois sur sa joue une larme descendre ;
Lentement, un par un, il jette dans la cendre
Papiers, lettres, portrait... enfin tout le passé !
Son regard sur la flamme obstinément fixé,
Se relève pour suivre, à de longs intervalles,
Un lambeau qui s'envole en légères spirales.

Enfin, à son récit me voyant suspendu,
Sans mot dire, il me lance un regard éperdu,
Ramasse et me présente, encor tremblant, la lettre...
Je l'avais devinée avant de la connaître !
Mais devant ces mots brefs comme un arrêt de mort,
Je demeure atterré... mes yeux doutent encor !

. . . .
. . . .

§

« Ami, pardonnez-moi. Pour vous je suis perdue ;
La misère venait... et... je me suis vendue ! »

RÊVES DU FOYER

L'AMOUR AUX CHAMPS

A M. Ernest Terquem

Quand l'été mûrit les moissons,
Dès l'aube, filles et garçons,
Les bras armés de la faucille,
Avec des rires et des chants
Partent ensemble pour les champs,
Ainsi qu'une grande famille.

Fermant la marche derrière eux,
Voici, courbé, silencieux,
Un grand gars au triste sourire,
Qui rend des points pour le labour
Aux plus fins matois d'alentour,
Un grand gars qui ne sait pas lire;

Mais pour manier une faux
Il est sans égal. Des chevaux
Il dompte les vives allures,
Soumet au joug les fiers taureaux
Et conduit les pesants chariots
Qui craquent sous les gerbes mûres.

Et quand, dans les seigles, les blés,
Ses compagnons éparpillés
Ne font que légères entailles,
Sous sa grande faux, par milliers,
Les épis tombent à ses pieds
Tels que soldats dans les batailles.

Midi sonne! Pour le repos
On abandonne les travaux ;
C'est l'heure de reprendre haleine;
Sous la haute meule entassés,
Voyez les moissonneurs lassés,
Qui, tous, font leur méridienne.

Mais *Lui* ne dort pas, et ses yeux
Se levant d'abord vers les cieux
Retombent sur un doux visage ;
Et de la cuisante douleur
Qui consume son pauvre cœur,
Il sent redoubler le ravage.

Que ne sont-ils unis tous deux !
C'est *Elle* qui sarcle le mieux,
Qui le mieux tourne les javelles ;
Il faut la voir, à tour de bras
Lancer, sans le moindre embarras,
Le foin par-dessus les ridelles !

La jupe retroussée aux reins,
Piler le cidre, et, de ses mains,
Traire les vaches à l'étable !...
Mais *Lui* n'ose encor lui parler ;
Hélas ! va-t-il voir s'envoler
Ce rêve à jamais regrettable ?

Non, car voici la Chandeleur !
Dans les guérets pas une fleur,
Pas une, hormis le perce-neige.
Tout chôme au logis du fermier,
Tout ! sauf, le soir, près du foyer,
L'Amour qui veille et tend son piége.

Partout c'est fête, ce jour-là !
Filles, garçons, chacun s'en va
Dans les grands bois, dans les herbages,
Quand vient la nuit, danser en rond...
C'est de la sorte que se font,
Que se font bien des mariages[1].

1. Dans certains villages de Normandie, de Noël à la Chande-

Quand un tablier, sans façon,
Sous la main d'un jeune garçon
Tombe... c'est un aveu tacite,
Et la vierge aux regards troublés,
Ne voyant que cieux étoilés,
S'enfuit de la danse au plus vite.

Du beau faucheur ce fut le cas ;
Mais il pressa si bien le pas
Qu'il la rejoignit sous l'ombrage,
Et lui conta tout son amour,
Heure par heure et jour par jour...
Peut-être osa-t-il davantage.

De là ce dicton familier :
« Faire tomber un tablier, »
Pour exprimer — miséricorde !
En français correct, épuré,
Un homme qui, de son plein gré,
Au cou va se mettre la corde.

leur il est d'usage de danser le dimanche, à la nuit tombante, à la
lueur de torches de résine appelées *coulines.*

Août 1873.

LA MORSURE

Au lieutenant-colonel Bourgeois

Nonchalamment assis au fond de mon jardin,
Je lisais... je rêvais... quand un grand cri, soudain,
M'arrache à ce bien-être, et j'aperçois, sanglante,
La main de mon enfant. Tout pâle d'épouvante
Je cours à lui... Déjà, le mauvais garnement
Qui se sentait fautif, craignant un châtiment,
Dans les bras de sa sœur avait pris sa volée,
Lui forgeait je ne sais quelle histoire embrouillée :
« C'était *Black* qu'il avait réveillé... doucement
En lui tirant la queue, et qui, traîtreusement,
S'était jeté sur lui. »
          Ma fille, avec adresse,
Sur la main de son frère applique une compresse,
Et quand le rire aux pleurs se mêle dans ses yeux,
Avec un bon baiser le renvoie à ses jeux.

J'ai suivi, tout ému, ce tableau de famille ;
Ces soins ingénieux prodigués par ma fille.
Je la vois mariée, et, sur moi, ses enfants,
Me prenant pour coursier, grimper tout triomphants.
C'est l'avenir heureux, paisible, sans nuages,
Dont un tendre baiser dissipe les orages.
Oh ! que ne puis-je aussi pour mon fils, ici-bas,
Aplanir les sentiers trop rudes pour ses pas,
Et de sa vie, hélas ! faire que les blessures
Ne lui semblent jamais que légères morsures !

§

Il a bientôt dix ans ! Cueille-t-il une fleur?
Ce n'est plus pour sa mère, encor moins pour sa sœur.
Il a, de par le monde, une gentille amie
Dont il jonche le lit, quand elle est endormie,
De bonbons, de jouets, pour charmer son réveil ;
Qu'il promène à son bras, tout fier, au grand soleil ;
Et s'affublant des noms de *Monsieur,* de *Madame,*
Dont il est le *Mari...* qu'il appelle sa *Femme.*
Pauvre enfant ! faut-il donc qu'en pleine floraison
Tu te courbes au vent de l'arrière-saison,
Et que ton cœur, déjà, fasse l'apprentissage
De ces déchirements, triste lot d'un autre âge?
Pour mon fils la coquette, affectant le dédain,
S'est éprise en un jour, en une heure, soudain,
D'un grand fat qui vous a des poses de bravache,
Grâce à vingt poils follets qu'il nomme sa « moustache, »

Et qui fume en cachette!... — Ève, votre serpent
Était un petit saint près de ce sacripant! —
Mon fils souffre... il languit... son teint n'a plus ses roses;
Au plus fort de ses jeux il fait de longues pauses;
Dans le vide, souvent, je vois son œil perdu;
A sa lèvre entr'ouverte un nom est suspendu;
Sous de fréquents soupirs sa poitrine se lève,
Et l'ange du bonheur a déserté son rêve.
Dans les bras maternels il s'est enfin jeté...
Ses douleurs, son angoisse, il a tout raconté.
Oh! sa mère a reçu de graves confidences!
Mais sa voix a servi de baume à ses souffrances.
Puis sur ce grand chagrin quelques jours ont passé...
Tout, jusqu'au souvenir, s'est bien vite effacé.
Grand Dieu! pour mon enfant, si cette autre morsure
Pouvait être jamais la dernière blessure!

§

Hier, j'étais tout seul. — Déjà tombait la nuit.
Mon fils, de mon fauteuil s'est approché... sans bruit.
De ses yeux enfiévrés sortait une lumière
Qui les rendait plus grands :
                                        « Tiens, regarde ici, père, »
Me dit-il brusquement. — Et sa tremblante main
Dépliait une carte. — « A partir de demain,
A dit le professeur, il faut, de notre France
Biffer ce large coin qui, tel qu'une défense,
Me semblait pour toujours sur nos voisins jeté,

Oublier Metz, Strasbourg, l'héroïque cité,
Et n'apprendre plus rien qu'en deçà de la bande
Qui, dès lors, marque en noir la frontière allemande.
Est-ce la vérité? — Moi qui savais si bien
Jusques au plus petit village alsacien!
Il nous a dit encore : « Un jour viendra peut-être... »

— Écoute, mon ami; ce qu'a dit là ton maître :
Oublier? n'est-ce pas? Il l'a bien répété?
Tu l'as bien entendu?... C'est une lâcheté!
Je t'aime, tu le sais, et te rendre la vie
Belle comme un sourire était ma seule envie;
Eh bien! l'heure est venue où la voix du devoir
Doit seule parler haut sous peine de déchoir.
Quand tu passes le doigt sur la vaste échancrure
Faite à notre pays, sens-tu quelle morsure
Te déchire le cœur? et te monter aux dents
Ce seul mot : la revanche! Elle est pour vous, enfants.
Mais notre tâche, à nous, dès aujourd'hui commence.
Jetons dans votre sein la fertile semence
D'où naîtront des héros grandis par les malheurs,
Qui sur les murs de Metz planteront nos couleurs!
Nos frères en exil sur les terres conquises,
Pareils à des vaisseaux bloqués par les banquises,
Attendant, pour braver de nouveau les autans
Et s'élancer au large, un souffle de printemps,
Conservent, bien cachée au fond de leur mansarde,
— Signe de ralliement, — notre sainte cocarde :

Quelques-uns, plus heureux! de notre beau drapeau
Ont à la trahison pu ravir un lambeau.
C'est le trait d'union!!! L'Alsace et la Lorraine,
Comme on aiguise un fer, vont aiguiser leur haine,
Et nous verrons bientôt, horrible effondrement!
Du peuple conquérant le grand démembrement.
Alors, ô mon enfant, si c'est moi qui commande,
Courons sus tous les deux à l'armée allemande.
Car, le sais-tu? j'ai dû travailler de longs jours,
Du Rhin, jadis le nôtre! à protéger le cours,
Et de mes mains creuser la profonde tranchée
Faite, hélas! de la terre à la France arrachée;
J'ai même supporté pour vous revoir, enfants,
Plus qu'insultes et fouet... des refrains triomphants!
Oh! nous sommes bien bas!... Mais qu'un grand nom surgisse,
Que la France apaisée autour de lui s'unisse,
Nous la verrons bientôt, par sa cohésion,
A la Prusse infliger la loi du talion.
Trois fois heureux, alors, qui paîra de sa vie
La résurrection de la sainte patrie! »

§

Le père s'était tu. — Sous ses mâles accents
Son fils, hier enfant, avait déjà vingt ans;
Car il avait senti la sublime morsure
Hors laquelle tout n'est que légère blessure!

Août 1873.

DANS LA MONTAGNE

A M. Georges Krohn

Au lever du soleil, l'*alpenstock*[1] à la main,
Tout de laine vêtu, chaussé de fortes guêtres,
A pas lents et comptés, par de grands bois de hêtres,
Du Mont-Joli j'ai pris le sauvage chemin.

Me voilà déjà haut; sur une herbe fanée;
Au milieu d'éboulis : immense contre-fort
Du pic enveloppé de silence et de mort
Que mon pied, le premier, va fouler dans l'année.

Je suis seul ! — Hormis l'aigle aux longs et mornes cris,
Qui, tel qu'un gros point noir, sous l'ardent soleil plane,
Rien d'en bas ne m'arrive, et pas un bruit profane
Ne monte jusqu'au roc où je me suis assis.

1. Bâton de montagne, terminé par une forte pointe de fer, in-
dispensable dans les ascensions et sur les glaciers.

Non, rien ! —Pourtant, au loin, j'entends sous la ramure,
Sur le terrain sonnant, des pas secs et nerveux,
Un appel guttural, comme on en jette aux cieux·
Quand on se croit tout seul et roi de la nature.

Ce sont trois cavaliers. — Le premier, fièrement,
Porte un berceau garni de fleurs et de dentelle,
Accroché par le bord à l'arçon de sa selle,
Et d'où, de temps en temps, sort un vagissement.

C'est le père. — A sa suite, et sur la même ligne,
Deux beaux adolescents au teint brun, aux yeux bleus,
S'avancent... quarante ans à peine pour les deux !
Assemblage divin du lion et du cygne !

Ils sont parrain, marraine, et vont faire un chrétien
Du jeune enfant des monts. — Mais qu'elle est loin l'église,
L'église du village où le pasteur baptise !
De raccourcir la route ils ont pris le moyen.

De là, rires et chants, gais propos à l'oreille,
Sur un sein virginal qui sèment la rougeur,
Sous des cils abaissés ce long regard songeur
D'un corsage entr'ouvert contemplant la merveille !

Chacun, je parîrais, se souvient du dicton
Qui veut que, dans l'année, et parrain et marraine
S'unissent pour toujours de la plus douce chaîne.
A-t-il jamais trompé dans cet heureux canton?

. . . .

Et moi, je suis tout seul! Et le sort implacable
N'a pas doré mes jours d'un sourire d'enfant!
Pour errer dans la nuit, sous mon deuil étouffant,
Qu'ai-je donc fait au ciel? suis-je donc si coupable?

§

Tous trois ont disparu dans le profond ravin.
Bannissons ma douleur. Vers les dernières cimes
Élançons-nous! Peut-être, à ces hauteurs sublimes,
Trouverai-je, ô Seigneur! un baume à mon chagrin.

Sur d'immenses talus d'ardoise amoncelée,
Du sommet j'ai gravi le cône sourcilleux.
Que vois-je?... le Mont-Blanc, tout près, devant mes yeux,
Traînant son long manteau de neige immaculée!

A ses flancs entr'ouverts pendent de grands glaciers
D'aiguilles hérissés, aux crevasses profondes :
Vaste mer soulevée en immobiles ondes,
Fantastique sabbat de bizarres sorciers !

Cent pics, — m'avait-on dit, — ainsi qu'une bastille,
De leur sombre granit ceignent le roi des monts...
Dans ma tristesse, hélas! j'y vois encor des fronts
Qui s'inclinent aux pieds du chef de la famille.

Mais un bruit, tout à coup, a couvert mes sanglots.
C'est, au loin, la fougueuse et terrible avalanche
Qui s'élance, bondit, tombe en poussière blanche
Réveillant à l'entour de multiples échos.

A son fracas mêlée une cloche argentine
Tinte, dans le vallon, pour l'enfant nouveau-né :
Prions ! — « Puisse le jour que le ciel t'a donné
Toujours être pour toi sans ronce, sans épine ! » —

Ces vœux m'ont rendu fort. — Dans le bâton fendu[1]
Fortement incrusté dans le roc qui surplombe,
Je dépose mon nom, et, pareil à la trombe,
En me laissant glisser je suis redescendu !

§

De nouveau je me croise avec la cavalcade.
Mais quoi ! plus de gaîté ! plus de tendres discours !
L'air grave et recueilli sous leurs riches atours,
Mes gentils amoureux semblent montés en grade.

Ils marchent près du père, et tiennent dans leurs doigts
Les longs rubans flottants du berceau : doux symbole

---

1. Certains pics portent à leur sommet un long bâton fendu,
dans lequel le voyageur introduit son nom avec la date de son
ascension.

Que de père et de mère ils acceptent le rôle,
Que tous deux sur l'enfant ont désormais des droits;

Et qu'ensemble ils ont pris une place en sa vie,
Et que sans leur conseil il ne peut faire un pas.
De lui qu'attendent-ils en retour ici-bas?...
Qu'il conserve en son cœur leur mémoire bénie.

Et si le sort, un jour, venait à le broyer,
Qu'il se souvienne alors de leur sainte promesse,
De leur ancien serment qui garde à sa détresse
Une place à la table, une place au foyer.

.   .   .   .

Que n'avons-nous aussi cette belle coutume
Qui rend chaque parrain mandataire de Dieu !
Lorsqu'ils disent au monde un éternel adieu,
Les parents s'en iraient avec moins d'amertume.

Septembre 1873.

DÉLIVRANCE!

(Septembre 1873)

A M. Robert Kemp

Ils vont partir,
Ils vont partir!

Que pas un cri, pas une injure
Ne les escortent au départ.
Souffrons en silence, à l'écart,
Souffrons la dernière torture.

Ils vont partir,
Ils vont partir!

L'ordre est donné. — Dans sa jactance,
L'heureux vainqueur d'orgueil bouffi,
Porte encore un sanglant défi

A notre malheureuse France.
Qui le croirait? c'est en plein jour,
Drapeaux au vent, musique en tête
Qu'il va sortir par le faubourg.
Quel triomphe! ah! la belle fête!

      Ils vont partir,
      Ils vont partir!

Midi! — La fanfare résonne
Et les tambours battent aux champs!
Aussitôt les lourds Allemands
Se massent en forte colonne.
Leur chef a poussé trois hurrahs
En levant par trois fois son sabre;
Le voilà qui s'avance au pas
Sur son fier coursier qui se cabre.

      Ils vont partir,
      Ils vont partir!

Bientôt le défilé se forme :
A l'avant-garde les uhlans
Suivis des cuirassiers brillants,
Artilleurs au sombre uniforme;
Enfin, conduits par des enfants
Dont on chercherait la moustache,
Des bataillons de vétérans
Qu'on fait marcher... à la cravache.

> Ils vont partir,
> Ils vont partir !

Ils s'avancent au son du fifre,
Ces vautours qui, pendant trois ans,
De leur bec ont fouillé nos flancs.
Qui pourrait en dire le chiffre?...
Ils ont pris le plus long détour,
Que ne l'ont-ils fait dès l'aurore?
Car lorsque vient la fin du jour,
Ils passent, ils passent encore.

> Ils vont partir,
> Ils vont partir !

Vainement, dans toute la ville,
Ils quêtent l'adieu du départ;
Pour leur jeter même un regard,
Ils n'est pas une âme assez vile.
Nous avons, tous, de nos maisons
Verrouillé fenêtres et porte,
Et leur fanfare de ses sons
N'éveille pas la ville morte.

> Ils vont partir,
> Ils vont partir !

Dans un immense cimetière

Leur général croyant passer,
A donné l'ordre de cesser
Aussitôt la marche guerrière.
Ils ont replié les drapeaux.
— Simple mesure de prudence! —
Qui sait? peut-être ces tombeaux
Cachent le vengeur de la France!

Ils vont partir,
Ils vont partir!

Leur dernier bataillon traverse
Le pont-levis et le fossé.
Tout est dit!... leur règne est passé!...
Derrière eux s'abaisse la herse...
Tandis qu'au sommet du rempart,
Un vieux soldat, la face blême,
Plantant notre cher étendard,
Leur jette un sanglant anathème.

Ils sont partis,
Ils sont partis!

Des cloches, soudain, la volée
Sonne notre nouveau réveil;
Demain, aux rayons du soleil,
Renaîtra la France accablée;
Partout la brise du bonheur

Agite drapeaux, oriflammes,
Le sol où dormit le vainqueur
S'épure sous des jets de flammes!

Ils sont partis,
Ils sont partis!

Septembre 1873.

L'APPÉTIT VIENT EN MANGEANT

Elle est charmante encor malgré ses quarante ans.
Dans ses cheveux de jais quelques rares fils blancs
Peuvent seuls accuser, sans révéler son âge,
Qu'elle en est de la vie au verso de la page. —
Lui, vieux avant le temps, le visage fané,
Paraît de prime-abord au moins son frère aîné. —
Ils se font vis-à-vis près de la cheminée.
Elle présente au feu sa mule satinée
Qui d'un jupon plissé dépasse un peu le bord.
Lui, tout pensif, mordille un jonc à pomme d'or.
Ils ne se disent rien : mais parfois le silence
Et les regards baissés ont bien leur éloquence.
Pour les moins clairvoyants cet air embarrassé
Est un signe certain qu'ils ont beaucoup causé.
Tous deux semblent enfin se dégager d'un rêve ;
Leur dialogue intime et se suit et s'achève :

LUI.

Ainsi, belle comtesse ?

ELLE.

Ainsi donc, cher baron ?
Je n'ai rien à vous dire... ou du moins rien de bon.

LUI.

Quoi ! vous me refusez ce reste d'espérance
Qu'un jour...

ELLE.

Mais, cher baron, vous tombez en enfance !
Pour me poursuivre ainsi, que vous ai-je donc fait ?
Je ne peux, plus longtemps, vous servir de jouet.
Vous voulez m'épouser ?... moi qui fus votre mère,
Et qui même en remplis l'intime ministère !
Fi ! le vilain ingrat ! vous avez oublié
Que de mes mains, souvent, vous fûtes châtié !

LUI.

Cruelle ! votre front n'a pas encore de rides,
Quand je compte déjà parmi les invalides !
Oui, le sort m'a frappé de ses plus rudes coups
Lorsque vous fleurissiez à l'ombre d'un époux ;
Mais je n'attendais pas cette dernière épreuve !
Vous voulez donc rester éternellement veuve ?
Je vous aime depuis... toujours, vous savez bien ?
Mon âge vous fait-il fuir un autre lien ?

Regardez ! je suis vieux, archi-vieux, je vous jure.
Tenez, ce qui pourrait recrépir ma figure,
Ce serait... ce serait... la naissance d'un fils,
Car nous en aurions un, c'est moi qui vous le dis.

ELLE.

Assez, baron, assez ; trop de feu, de jeunesse !
Dieu merci, je n'ai pas engagé ma promesse.
Sur un pareil sujet, croyez-moi, brisons là,
Ou vous me forceriez d'y mettre le holà.
Nous avons fait tous deux trop longtemps fausse route ;
Retournons au passé. — Votre esprit en déroute
Peut-il s'y retrouver? Voulez-vous mon secours?...
Vous égreniez, je crois, vos premières amours.
        Après, baron?...

LUI.

C'est tout, comtesse.

ELLE.

C'est tout? — Vos écarts de jeunesse
Qui devaient me faire pâmer,
Se résument à quelques belles
Qui furent plus où moins cruelles,
Avant de se laisser aimer?

LUI.

Hélas ! oui. Je ne sais pas de plus vieille histoire,
Comtesse, et puis, d'ailleurs, j'ai si peu de mémoire !

Jugez-en : je me perds quand je vais seul au Bois,
Et pour multiplier je compte sur mes doigts !

ELLE.

Baron, c'est d'une invraisemblance !...
Quoi ! de mes souvenirs d'enfance,
Pour vous, je vide tout l'écrin,
Et pas un brin d'herbe, une rose,
Un grain de blé... la moindre chose
Ne vient vous barrer le chemin ?

LUI.

Attendez donc ! — Je crois me souvenir, comtesse...

ELLE.

Enfin, nous y voilà !

LUI.

    De certaine prouesse...
Vous me pardonnerez, car c'est déjà si loin
Que bien probablement de vous j'aurai besoin.

ELLE.

De moi ?... Vous plaisantez ?

LUI.

          Non, non, sur ma parole,
Et vous saurez encor par cœur tout votre rôle.
— C'était en plein mois d'août, par un jour étouffant,
Vous étiez déjà grande et j'étais un enfant.

Je vous vois, les cheveux flottants dans leur résille,
Me prendre par la main, m'entraîner à la grille
Du château paternel, et contempler longtemps
Les braves moissonneurs travailler dans les champs.
Avec vous je me vois, par une sombre allée,
Descendre tout à pic au fond de la vallée,
Traverser le torrent et frapper au moulin,
Y demander du lait, la miche de gros pain,
L'émietter aux canards sous les saules qui tremblent,
Aux poules, aux poussins en tas qui se rassemblent.
C'est à qui prendra part au champêtre festin,
Et les plus effrontés mangent dans notre main.

ELLE, vivement.

C'est vrai!

LUI.

— Puis vous m'avez raconté la légende
D'un fier guerrier épris de la belle Yolande;
Puis vous avez chanté. — Le régulier tic-tac
Du moulin me berçant comme dans un hamac,
Je me suis endormi. Sous mes paupières closes
Ont passé, repassé de si splendides choses,
Qu'en m'éveillant... Allons! je ne me souviens plus!
Dans un lointain obscur tout est vague, confus.
Comtesse, aidez-moi donc. — Je fis quelque sottise;
N'est-ce pas?

ELLE.

Voulez-vous une entière franchise?

LUI, vivement.

Vous vous souviendriez?...

ELLE.

Comme d'hier, baron;
Et si jamais aveu, si déclaration
M'arriva plus subite et plus sans gêne, en somme,
Je veux, sur ma parole, aller le dire à Rome!

LUI, finement.

Ah! vous vous souvenez?

ELLE.

Bien trop, méchant vaurien :
Je vois sur mes genoux votre front; dans le mien
Votre regard perdu, ravi, comme en extase...

LUI.

Et puis?...

ELLE.

Et puis vous me dites sans périphrase :
« Je voudrais bien vous embrasser. »
Comme, pour me débarrasser
De cette simple espièglerie,
Je réponds avec brusquerie :
« Allons, prenez-en pour un sou! »
Je crois que vous devenez fou.
Tout autour de ma tête un de vos bras se noue,

Je sens deux gros baisers qui sonnent sur ma joue ;
On eût dit, ma parole, un jeune nourrisson
Sur le sein maternel attaché sans façon.
Je me dégage enfin de cette étreinte folle,
Et vous en veux punir... non pas comme à l'école,
Mais par une semonce, en vous grondant bien fort ;
Quand vos regards navrés me prouvent que j'ai tort.
  Avec émotion.
Dans vos yeux j'aperçois de véritables larmes ;
Le vainqueur, devant moi, mettrait-il bas les armes?
Voudrait-il par hasard une absolution
De son audace? — Ah! bien oui! — La contrition
A pousser dans votre âme était déjà bien lente !
Me tirant par la robe et d'une voix dolente...

    LUI, l'interrompant.

Assez, je me souviens.

     ELLE.

   « Berthe, » me dites-vous,
  LUI, la suppliant des yeux.
  « Laissez-m'en prendre pour deux sous ! »
 Elle lui abandonne sa main qu'il baise à plusieurs reprises.

DÉLIRE [1]

Au colonel Beẓiat

Resurget!

Quoi ! ce n'est pas assez de souffrances, de larmes !
Au retour de l'exil, quand on nous rend nos armes,
    C'est pour marcher contre Paris ;
Et — ce qu'ils n'ont pu faire en cinq mois de batailles,
Ces Prussiens, — en un mois en forcer les murailles
    Aux yeux de l'univers surpris !

Enserrer peu à peu, traquer dans leur repaire
Des bandits enrôlés pour un maigre salaire !
    Au lieu de vaillants ennemis,

---

1. Pendant longtemps, un grand nombre d'officiers et de soldats furent sujets à des hallucinations, tristes fruits de la guerre, de l'exil, des privations du siége et de l'horrible Commune.

Combattre corps à corps, sous le feu, sous la cendre,
Des monstres qui, partout, jonchent pour se défendre
    La grande ville de débris!

Quand nous avons vengé de pieuses victimes,
Fait rentrer tout dans l'ordre et lavé peu de crimes,
    Nous dire, après un tel succès :
« Moi, né pour conquérir sur la terre lointaine,
Et devenir, qui sait? un jour grand capitaine,
    Hélas! j'ai vaincu des Français!... »

Oh! c'en est trop! Mon Dieu, mon Dieu fais que j'oublie!
Car je sens, on dirait, un souffle de folie
    Qui déjà passe sur mon front.
De nos armes je vois la néfaste fortune,
Nos victoires d'hier sur l'infâme Commune
    Émerger d'un gouffre profond;

Et d'un effroi subit je ne peux me défendre.
Mais une voix en moi soudain se fait entendre,
    Une voix aux mâles accents :
« Pars, mon fils. Ne va pas jusques au bout du monde;
Il est, bien près d'ici, pour ta douleur profonde,
    Un rivage où tout est printemps;

Où, loin de supporter de lentes agonies,
Tu ne rencontreras que des heures bénies,
    La paix, l'amour à chaque pas;

Et d'où tu reviendras l'âme bien retrempée,
Impatient déjà de saisir ton épée
  Pour voler à d'autres combats. »

 . . . .

J'obéis. — Me voilà sur des grêves paisibles
Où nos derniers malheurs passèrent insensibles ;
  Dans un coin modeste, perdu,
Par les savants, sans doute, oublié sur la carte,
Dont la haute volée avec dédain s'écarte,
  Comme on fait d'un lieu défendu.

Malgré que sous mes yeux tout y vive et respire,
Que le flot, tour à tour, s'avance, se retire,
  Que tout proclame l'Éternel,
Un miasme de sang, la couleur du carnage
Me poursuivent encor jusque sur ce rivage,
  Et sont une ombre à mon beau ciel.

  Parfois, errant et solitaire
  Aux flancs ombragés des coteaux,
  J'entends des éclats de tonnerre
  Monter jusqu'à moi des hameaux.
  Je m'élance d'un pas rapide,
  L'odeur de la poudre me guide,
  Frappons, frappons comme autrefois...
  Dieu ! c'est une belle épousée

Jusqu'en son logis saluée
Par les salves des villageois!

Tout là-bas, voici dans la lande,
Des flammes, de noirs tourbillons!...
Sont-ce de l'armée allemande
D'incendiaires bataillons?
Je rampe... d'eux je me rapproche
En contournant la haute roche...
Ce n'est qu'un grand feu de fagots
Que le berger frileux allume,
Pour se défendre de la brume,
Lui, son vieux chien et ses troupeaux!

Pourtant, dans la tour ébranlée
Les coups se répètent. — L'airain
Sonne, sonne à toute volée
L'horrible et lugubre tocsin?...
Non. C'est la suave harmonie
Si pleine de monotonie
Des cloches tintant à la fois,
Au cou des vaches suspendues,
Et des génisses éperdues
Qu'un loup poursuit à travers bois!

Bien loin, bien loin sur le rivage,
Ciel! que de débris entassés,
Tristes épaves d'un naufrage

Que la vague, hélas! a poussés !
Cordes, tronçons, lambeaux de toile,
Ce qui fut un mât, une voile,
Gisent au pied des noirs rochers ;
Peut-être au fond de quelques havres,
Vais-je découvrir des cadavres
Aux récifs encore accrochés.

D'un pas que la frayeur anime,
J'accours, l'œil fixe sur les flots.
Jusqu'à moi, du fond de l'abîme,
Montent des cris et des sanglots...
Mais tout change! — Ineffable rêve !
En plis onduleux se relève
Une tente, jouet du vent,
Où, défiant le flot qui tonne,
Une jeune mère chantonne
En endormant un bel enfant !

. . . .

Non, tu n'es pas encor couverte du suaire,
O France, car tes fils, rien qu'en foulant ta terre
    Se redressent plus grands, plus forts ;
Ils puisent dans ton sein, pour te rendre immortelle.
Dignes rivaux d'Antée, une vigueur nouvelle
    Et d'irrésistibles ressorts.

Debout donc! ma patrie, et que ta grande image,
Comme un astre nouveau des ombres se dégage.
          Resurget Gallia nostra!
Nous a dit le pasteur dans un élan d'ivresse;
Par ses prêtres si Dieu nous en fait la promesse,
          Oh! oui, la France renaîtra.

Décembre 1873.

LA VRAIE CHARITÉ

A Madame M. B.

C'est une loi de la nature
De s'entr'aider, de se chérir ;
Quand Dieu jeta la créature
Sur cette terre... pour souffrir,

Il lui laissa, don ineffable
Tempérant sa sévérité,
Au cœur l'amour de son semblable :
La consolante Charité !

Son nom, en temps de république,
Sur tous les murs de la cité,
Se change en devise emphatique,
Et c'est le mot Fraternité

Qu'on lit jusqu'au fronton des temples !
Eh bien, malgré sa nouveauté,
Combien en voyons-nous d'exemples
Dans notre pauvre humanité ?

Sa loi, pourtant, tient peu de place.
Article unique envers autrui :
« Ce que nous voudrions qu'il fasse
Envers nous, le faire pour lui. »

Qu'importe ! Au pauvre sous la neige
L'homme heureux offre à peine un coin,
Quelque lambeau qui le protége...
Il ne saurait aller plus loin.

La grande dame, dans ses quêtes,
N'apporte que rivalité,
Et soit au temple, soit aux fêtes,
Tout est pour elle... vanité !

O Charité ! belle à distance,
Qui couvres tout de ton manteau,
Je ris de ta sotte importance
Au milieu du monde nouveau.

Car tu te débats dans le vide,
Et quand tu crois toucher le port,
Tu n'es plus qu'un spectre livide
Et l'avant-garde de la mort. —

. . . .

. . . .

Ah! pourquoi, dès votre jeunesse,
Vous égarer dans le chemin,
Vous voiler ainsi de tristesse?
Allons, ami, prenez ma main.

Je veux que vos paupières closes
S’ouvrent à la sainte lueur,
Je veux vous dire de ces choses
Qui nous refont un autre cœur.

Et puisque nos yeux sur les cimes
Où plane la prospérité,
N’ont plus, à ces hauteurs sublimes,
Leur première limpidité,

Au dernier degré de l’échelle
De notre triste humanité,
Je vais vous montrer un modèle
De la divine Charité.

§

« J’ai mes pauvres.
                    Chez eux, bien des fois dans l’année,
Surtout quand vient l’hiver, je fais une tournée.

Un jour, j'allais gravir le sordide escalier
D'une brodeuse à qui je donne à travailler,
Quand je la vois sortir, haletante, éperdue,
Et d'un bond, sans me voir, s'élancer dans la rue.
Je monte cependant. — A peine sur le seuil,
J'aperçois, près du feu, dans l'unique fauteuil
Qu'elle a pu se donner par son économie,
Une figure hâve. — On l'eût dite endormie,
Sans un fréquent soupir, des pleurs silencieux
Qui traçaient un sillon en tombant de ses yeux.
Tout, dans la chambre, avait sa place accoutumée.
Dans sa cage chantait la tourterelle aimée ;
Et pourtant, près du lit toujours fait avec soin,
J'en crois voir un second, près du mur, dans le coin.
Tandis que le premier respire un air de fête,
Sur l'autre, dirait-on, un souffle de tempête
A passé. — Tout est nu : sous les plis entr'ouverts
Des rideaux, point d'image et point de rameaux verts,
Point de crucifix, point de coquille nacrée
Où se plongent les doigts dans l'onde consacrée.
C'est le protestantisme en sa sobriété,
De Luther et Calvin la froide austérité.
Comment s'est accompli cet étrange partage?
Ma protégée a donc fait un gros héritage?. .

Et je réfléchissais... Quand j'entends, tout en bas,
Sur les degrés usés le bruit sec de ses pas.
D'un bond, elle a franchi la dernière volée ;

La voici près de moi, toute rouge, essoufflée :
« Madame, excusez-moi... j'étais chez le pasteur...
« Je la trouve bien mal... et j'avais si grand'peur
« Qu'elle ne trépassât sans la moindre prière,
« Que je viens de remplir sa volonté dernière. » —

« Le pasteur arrivait. Nous entrâmes tous trois.
Tandis qu'à la mourante il court, et que sa voix
Doucement la prépare au suprême voyage,
De cette vie à l'autre adoucit le passage ;
Je demande à l'écart, tout bas, discrètement,
Le vrai mot de l'énigme, et pourquoi, quand, comment
Est devenu commun le trop étroit domaine?

— « Oh ! c'est bien simple, allez !
                              C'était l'autre semaine
Un matin, on vida son pauvre galetas,
Et du peu qu'elle avait on ne fit qu'un seul tas
Qu'on vendit à l'encan. — Il fallait satisfaire
L'âpre rapacité de son propriétaire.
Et quand tout fut fini... qu'il ne resta plus rien,
Son lit seul excepté, ses oiseaux et son chien
Dont on ne voulut pas, j'ouvris soudain ma porte :
« Pauvre femme, lui dis-je, entrez, et soyez forte.
Ne désespérez pas, car tout arrive au mieux ;
Jusqu'à des temps meilleurs nous vivrons toutes deux,
Sinon comme des sœurs, ainsi que des amies.
Quel superbe avenir ! et que d'économies !

Une même lumière! un unique foyer!
Chaque trimestre, enfin, un seul terme à payer!
Allez! rien ne viendra déranger l'harmonie
De la *Société Misère et Compagnie,*
Et de notre heureux sort plus d'un sera jaloux.
C'est dit, c'est convenu. — Madame, entrez chez vous. »

« Nous avons, depuis lors, fait excellent ménage,
Sans nous plaindre jamais de notre voisinage.
Pourtant, nous différons en matière de foi;
Mais nous nous sommes fait une règle, une loi
De toujours respecter, malgré leur dissidence,
Les saints enseignements qu'a reçus notre enfance.
Que de fois je l'ai vue, au chevet de mon lit,
Arranger de ses mains, images, buis béni!
Que vous dirai-je? Heureux d'un commerce paisible,
Le Paroissien vit à côté de la Bible.
Oh! pour la convertir je n'ai fait nul effort;
Car, à la voir si calme en face de la mort,
Dieu, je le jurerais, mesure sa sentence
Aux actes de la vie et non à la croyance. » —

« Sa voix était pour moi comme un céleste accord.
Elle ne parlait plus que j'écoutais encor.
J'ai glissé dans sa main une aumône furtive,
Et son regard m'a dit qu'à propos elle arrive;
Car leur travail commun, qui paraissait béni,

Chôme depuis longtemps. Leur ciel s'est rembruni.
La mort frappe à son tour, implacable, inhumaine...
Briserez-vous, mon Dieu ! leur fraternelle chaîne ?

.   .   .   .

.   .   .   .

.   .   .   .

Des choses d'ici-bas ô singulier retour !
Quand l'automne arriva, c'était elle, à son tour,
Qui, d'un mal sans espoir victime résignée,
Tendait à son amie une main décharnée,
En disant d'une voix qui tombait par degré :
« Allez, il en est temps, me chercher le curé. »

Janvier 1874.

L'ANNIVERSAIRE

A M. ***

Six heures. — « Madame est servie ! »
Dans le lugubre appartement
Tout se réveille, reprend vie,
Tout sort d'un long accablement.

Comme s'il secouait un rêve,
Un homme jeune, aux traits flétris,
D'un fauteuil antique se lève...
Il a déjà les cheveux gris !

Sur son front dénudé, les rides
Ont creusé de profonds vallons,
Sous ses yeux bistrés et livides
Les larmes tracé leurs sillons. —

A ces mots, tout en lui s'éclaire ;
Il s'avance en offrant le bras
Vers un fantôme imaginaire
Qu'il voit... mais que je ne vois pas ;

Par trois fois galamment s'incline,
Lui glisse une phrase bien bas,
Soutient à son bras sa main fine,
Sur le sien mesure son pas.

Et devant le vieux domestique
Adossé contre un des battants,
Passe le couple fantastique
Aussi gai qu'un jour de printemps.

. . . .
. . . .

Les voilà tous les deux à table...
Savourant, au coin d'un grand feu,
Un repas fin, irréprochable,
Chef-d'œuvre de leur cordon-bleu.

Tandis qu'armé de sa serviette,
Épiant leur moindre désir,
Changeant leur couvert, leur assiette,
En étouffant un long soupir,

Va, vient comme à son ordinaire,
D'un pas que l'âge appesantit,
Le serviteur sexagénaire
Qui jamais ne se démentit.

Le premier service se passe
Grave d'abord, silencieux,
Sur le couvert qui lui fait face
Chacun n'ose lever les yeux.

Mais quand le vin coule à pleins verres,
Lui, d'un seul trait, vide le sien,
Il est au pays des chimères !...
L'autre verre, hélas ! reste plein.

On se rapproche... on se déride...
La glace se fond peu à peu ;
Il se penche... Au grand fauteuil vide
Il semble faire un tendre aveu.

Car dans la simple allégorie,
Parmi les points décolorés
De l'antique tapisserie,
Il revoit des traits adorés !

Lors, des mains du vieux domestique
Qui se tient tout près, l'œil au guet,
Il prend une fleur symbolique...
La fleur que le doux *Ange* aimait.

Sur la tige, sur la corolle
Du triste *Ne m'oubliez pas*,
Sa lèvre se pose et se colle ;
Puis il dit lentement, bien bas,

Un mot... à lui seul un poëme,
Par qui l'homme est vivifié,
Un mot que pour le ciel lui-même
Le Seigneur a sanctifié !

La place où *sa* charmante tête
Aimait tant à se reposer,
Sa bouche la cherche... s'arrête...
Lui donne un long... bien long baiser ! —

．　．　．　．　．　．　．　．　．　．　．

．　．　．　．　．　．　．　．　．　．　．

Et quand la triste feuille tombe,
Se renouvelle à pareil jour
La pantomime de la tombe...
La pantomime de l'amour !

Février 1874.

HOMICIDE PAR IMPRUDENCE

A M. Paul Ameline

« Homicide par imprudence ! »
Dira l'infaillible jury
Dans son verdict plein de clémence...
Le crime dès lors amoindri

N'endossera plus qu'une amende,
Tout au plus huit jours de prison.
Eh bien ! Là, je vous le demande,
N'est-ce pas de la déraison ?

Que deviens-tu, sainte Justice ?
Malgré ton escorte de lois,
Suivrais-tu le vent du caprice,
Te servirais-tu de faux poids ?

As-tu mis au fourreau ton glaive,
Tes yeux n'ont-ils plus leur bandeau,
 Ou les juges, dans un beau rêve,
Ont-ils dormi sur leur bureau ?

Quoi ! le voir en pleine jeunesse,
— La seconde, il est vrai, — mourir !
Lui qui mettait tant de paresse
Et tant de lenteur à vieillir ! —

.   .   .   .

« Pourquoi ces airs de mélodrame ?
De vous on dirait un mari
Qui, dans les lettres de sa femme,
A découvert qu'il est... trahi ! »

« Vous ignorez donc la nouvelle ?
— Quoi donc ?
                    — Le pauvre Oscar est mort.
— Oscar ?... vous me la baillez belle !
Lundi, je le voyais encor
Au Bois, ardent, infatigable,
Dresser un fougueux étalon.
Mardi, je l'avais à ma table,
Et mercredi, dans le salon
De lady B..., comme d'usage,

Causeur spirituel, charmant,
Il nous montrait comme, à son âge,
On arrondit le compliment.

— Eh bien, il est mort!
                        — Impossible !
A moins qu'étouffé par l'esprit.
Vous souvenez-vous, quand, pour cible,
Cette autre soirée, il nous prit?
Sous le sarcasme, l'épigramme,
Nous a-t-il, hélas! abîmés!
Puis, tout à coup, changeant de gamme,
Parmi les groupes animés
Des danseurs, déployant son aile,
(Il eût presque été notre aïeul!)
Quand arriva la pastourelle,
Ne fit-il pas cavalier seul ?

— Eh bien, il est mort!
                        — Sur les femmes,
Dans un flux de mots caressants,
Quand il dardait ses yeux de flammes,
On eût dit qu'il avait vingt ans.
Sa vie exempte de secousse
Comme un ruisseau pur s'écoulait
Entre deux rivages de mousse,
Pas un souffle ne la troublait.
Autour de lui tout semblait rire,

Et, défiant l'adversité,
Son visage ouvert semblait dire :
Regardez ! je suis la gaîté !

— Eh bien, il est mort !
                              — C'est horrible !
Mais dites-moi, quand, où, comment?
Sans vous, de l'œil le plus paisible,
J'aurais vu son enterrement.

— Il était seul, contre l'usage.
On sonne... il ouvre... et sur le seuil
Voit un lugubre personnage
De pied en cap vêtu de deuil ;

Une plaque sur la poitrine,
Un crêpe gras à son chapeau,
Et dont la repoussante mine
Exhale une odeur de tombeau.

Se découvrant jusques à terre,
Il chuchote à ce pauvre ami,
En prenant un air de mystère,
Des mots qu'il n'entend qu'à demi.

Mais sa main calleuse et noirâtre
Lui montre, dans le clair obscur,

Un coffre étroit, long et jaunâtre,
Appuyé droit contre le mur.

Alors, d'une voix funéraire :
« Monsieur, je venais... pour le mort;
« Faut-il ce soir le mettre en bière,
« Ou bien attendrons-nous encor ? »

Ces mots, comme un coup de massue,
Ont terrassé le pauvre Oscar ;
Son sang partout cherche une issue,
Et ses yeux roulent sans regard.

Il frappe des mains dans le vide,
Tourne sur lui jusqu'à trois fois,
De rouge devient blanc, livide,
Et tombe les deux bras en croix.

. . . .

Voilà pour le dernier voyage
Comment il est parti ! Son sort
A dépendu d'un croque-mort
Qui s'est, hélas ! trompé d'étage. »

Et lorsque cette inadvertance
Partout ne soulève qu'un cri...
« Homicide par imprudence ! »
Répond l'infaillible jury.

Béni soit cet aréopage !
Grâce à lui, cousin ou neveu
Qui lorgnez un gros héritage,
Vous pourrez... l'avancer un peu.

Mars 1874.

LE NŒUD GORDIEN

Très-chère,

> Ne crains pas que je t'aie oubliée ;
> Non. En trois mots voilà : Je suis remariée !
> — Remariée?... — Eh ! oui. — Quelle sottise ! — Hélas !
> Le mal est fait. Écoute ; après tu gronderas.
> Avec toi, tu le sais, je jette bas le masque,
> Sauf à m'entendre encor traiter « d'esprit fantasque ! »

> — Nous nous étions déjà rencontrés au Tréport,
> L'an dernier, au mois d'août, sur la jetée, au port,
> A la plage, partout, jusque dans la falaise.
> Lorsque pour aspirer l'air salin plus à l'aise,
> J'en suivais, pas à pas, le sinueux lacet,

Lui grimpait tout à pic; et, s'il me dépassait,
Il ôtait poliment sa casquette de toile,
Et pour le saluer je relevais mon voile.
On le voyait souvent, un crayon à la main,
Suspendu sur un roc, prenant quelque lointain,
Jetant sur son album tout... jusqu'aux maigres chèvres,
En fredonnant toujours un air du bout des lèvres.
Vous eussiez, le matin, longé le Casino,
Que vous l'auriez vu seul, assis au piano,
Effleurant le clavier de ses mains indolentes,
Improvisant parfois des valses ravissantes.
Puis, à l'heure du bal, guidant le tourbillon,
C'était lui qui menait le fougueux cotillon.
Quel âge pouvait-il avoir?... La quarantaine?
Qu'importe! Le dernier il restait dans l'arène.
Les mères le suivaient de leurs chuchotements,
S'adressaient même à moi pour des renseignements,
Car plus d'une, déjà, ne pouvant se défendre
De son charme secret, le convoitait pour gendre.
Mais le sylphe, un beau jour, en tapinois partit...
Et le Tréport tomba dans une affreuse nuit.

Cette année, une amie, — un hasard entre mille! —
M'offre de partager son chalet de Trouville.
J'arrive; et du balcon vois des signes d'effroi
Parmi tous les baigneurs... la plage en désarroi!
Un homme accourt, s'élance; en dix bonnes brassées
Dépasse le remous des vagues courroucées :

Son bras semble dompter le terrible élément.
L'œil fixe sur un point, il nage fièrement,
Plonge, reste longtemps disparu sous la lame,
Et reparaît enfin soutenant une femme
Qu'il dépose à la grève; et comme il se sauvait
Du murmure flatteur qui partout le suivait,
D'un élan spontané, sans même le connaître,
Je lui jette une fleur du haut de ma fenêtre
Et m'échappe... Mais lui, s'arrêtant en chemin,
La ramasse, et me fait un signe de la main. —
D'un roman, pour un fat, c'eût été la préface...
Ce ne fit entre nous que rompre un peu la glace;
Car d'un deuil prolongé remarquant la couleur,
Son tact sut respecter mon ancienne douleur.
Mon amie, au contraire, abhorrait chez les veuves
Les chagrins éternels, et m'en donnait des preuves
En invoquant le ciel pour qu'un nouvel hymen
Me vînt trouver plutôt aujourd'hui que demain,
Elle a voulu d'abord, — elle me sait coquette, —
Le jour même, à sa guise, éclaircir ma toilette.
Ma longue robe noire, au-dessus de l'ourlet,
S'agrémente aussitôt d'un ruban violet.
Contre un luxe pareil en vain je me récrie...
On taxe mon émoi de sotte pruderie,
Et les jupons à queue à grands et petits plis
Remplacent mes anciens tout plats et tout unis;
Ses mains à mon oreille, alors que je résiste,
Suspendent tour à tour la perle, l'améthyste...

Que te dirai-je ! — En natte arrangeant mes cheveux,
Elle encadre mon front de bandeaux onduleux,
Laisse entrevoir mon bras sous de légères manches,
Me coiffe d'un toquet orné de plumes blanches ;
La dentelle à longs flots sort d'un corsage ouvert ;
C'est le joyeux printemps qui détrône l'hiver ! —
Dans le grand tourbillon me voilà donc lancée !
Et je ne m'y sens pas par trop dépaysée.
Mieux que moi tu le sais : Trouville est au Tréport
Ce qu'est l'ardent simoun au souffle âpre du nord.
Jamais un bon repos ni de bain raisonnable !
De plaisirs toujours neufs la chaîne interminable,
Malgré, pour la briser, nos efforts, nos combats,
Nous enlace, nous serre, et ne nous lâche pas.

L'artiste, le sauveur, le lion de la plage
(Il avait ces trois noms sur notre beau rivage) ;
Bref, celui que tu sais, et qui, depuis tantôt,
Sous ma plume revient, n'est-ce pas ? un peu trop ;
Au bonheur général subordonnant sa vie,
Servait de boute-en-train à la moindre partie :
Promenade à cheval et course en batelet,
Déjeuner sur la dune et tir au pistolet,
Grande expédition pour pêcher la crevette
Ou l'huître sous le roc qui lui sert de cachette,
Vaste digue en galet, immenses contre-forts
Pour briser de la mer les insolents efforts !...
Mais sur ces plaisirs purs un vent de calomnie

A soufflé. — Dans huit jours la saison est finie!
Comment, depuis longtemps, aux plages d'Étretat
N'a-t-il pas abordé? — Touriste par état,
Jamais, nous disait-il, sur une même rive
Il ne reste enchaîné. — Je suis triste... pensive!...
Sa présence assidue à l'heure de mon bain,
Ses promenades quand je descends, le matin,
A la grève... parfois nos rencontres fortuites,
Les lettres de mon nom à chaque pas inscrites
Dans le sable, et souvent faites de ces cailloux
Que rejette le flot dans son constant remous;
La fleur qui de son sein où sa main l'a cachée,
Devant moi, par hasard, tombe, un jour, desséchée;
Son sourire discret et son heureux coup d'œil,
Quand, petit à petit, je dépouille mon deuil;
Tout, désormais, me jette en des troubles étranges...
Oh! partons, car je n'ai pas la vertu des anges!... —·

Enfin nous arrivons, ma chère, au dénoûment!
J'étais donc de retour. Calme, bourgeoisement,
Je vivais; quand, un jour, au détour d'une rue,
Je me sens, tout à coup, brusquement retenue :
C'est le bouton d'habit d'un passant qui s'est pris
Dans mon volant, et qui n'en fera qu'un débris
Si nous tirons un peu. — Sans perdre contenance,
Nous faisons, au début, œuvre de patience,
Tout en nous excusant; puis, nous levons les yeux...
Sommes-nous éveillés, ou rêvons-nous tous deux?

N'est-ce que le hasard ici qui nous rassemble?...
Plus que la mienne encor je sens sa main qui tremble!
Mais il sait le danger d'exprimer son transport,
Et reste bien ancré, tel qu'un navire au port.
Nous ne pouvons, pourtant, ici prendre racine,
Car un gamin déjà : « Voyez *Millie-Christine*[1] !
Et la foule de rire... et nous deux, à nouveau,
D'acharner nos dix doigts sur l'horrible écheveau.
Efforts infructueux! — Sous la porte cochère
De l'immeuble voisin, dans un profond mystère,
Nous nous réfugions. « Quoi ! vous n'avez donc rien,
Monsieur, pour le trancher d'un coup, ce nœud gordien?»
M'écriai-je en colère. — Aussitôt sa figure
Rayonne; et, simulant l'énergique posture
D'Alexandre le Grand, d'un geste décisif,
Il sort de son carnet... un tout petit canif,
Le brandit, triomphant, comme on brandit un glaive,
L'abaisse par dix fois, par dix fois le relève,
Et découd un à un les points de son habit,
Mêlant à sa corvée une grâce, un esprit
Qui me vont droit au cœur, me font même sourire
Et supporter gaîment notre trop long martyre.
Le voilà, vrai rival du grand roi conquérant,
Dans sa modeste tâche à lui se comparant,
Se moquant des devins, éludant les oracles,

1. Phénomène de deux jeunes filles réunies par les hanches seulement et ayant, par conséquent, deux têtes, quatre bras, quatre jambes, que l'on voyait dernièrement à Paris.

Domptant tout l'univers sans rencontrer d'obstacles ! —
Tout l'univers?... c'est moi ! — Quel signe plus certain
Que cette main qui tremble en effleurant ma main?
Puis, tout bas, en sourdine, il me glisse son âge...
Ce qu'il est... ce qu'il fait... enfin tout le bagage
Que d'usage on étale aux yeux des bons parents
Craintifs sur l'avenir de leurs jeunes enfants.
Je lui réponds alors ; mais j'ai comme un délire
Et parle sans peser les mots que je veux dire.
Le monstre ! il m'attendait à ce dernier péril.
Victorieux, il coupe enfin le dernier fil !...
Je suis libre !... Hélas ! non. Pitié pour ma faiblesse !
J'emporte son bouton... mais il a ma promesse.
Et c'est ainsi qu'un nœud que l'on débrouille à deux,
Peut faire, en s'y prêtant, un couple fort heureux.
Au surplus, je t'attends pour juger « ma sottise. »
A bientôt !... je t'embrasse et je signe :

Marquise...

Mars 1874.

LE BON DOCTEUR

I

Oh ! oui, je m'en souviens encor !
C'était un matin de décembre
Que mon père, à l'heure où tout dort,
En pleurant traversa ma chambre.

Il s'éloigna sans dire un mot,
Et sans m'embrasser au passage ;
Il étouffait un long sanglot ;
Ses deux mains couvraient son visage.

Quand ma mère vint s'incliner,
Comme d'usage, sur ma couche,
Je me suis pris à frissonner.
Au lieu de baisers sur ma bouche,

A mon cou j'ai senti ses bras
Se nouer ; ces mots pleins de fièvre :
« Jamais plus tu ne le verras ! »
Sont arrivés seuls à sa lèvre.

Et j'ouvrais alors de grands yeux.
J'écoutais... sans y rien comprendre,
Un long récit mystérieux
Que l'on hésitait à m'apprendre.

Plus tard, j'ai demandé pourquoi
De vêtements noirs on m'habille,
Et ce qui fait qu'autour de moi
Dans les yeux une larme brille ?

De jouer que l'on me défend,
Que la maison semble en prière,
Qu'on dit devant moi : Pauvre enfant !
Puis à l'écart : Pauvre grand-père !

Mais tout à coup la vérité
Jaillit de ce profond mystère ;
J'ai couru... je me suis jeté,
D'un bond, sur le sein de ma mère ;

Et tous deux nous avons pleuré !
Moi, comme l'on pleure à mon âge,
Elle, le regard éploré,
Cherchant dans mes traits *son* image.

Car dans mes jours tout tissés d'or,
Formés de fleurs à peine écloses,
Passait le spectre de la mort,
Des cyprès mêlés à des roses.

Il s'était tout à coup dressé,
Comme s'il sortait de la terre,
Le fantôme triste et glacé
De celui qui fut mon grand-père :

Un grand et superbe vieillard [1],
Bien campé, portant haut la tête,
Que chacun toisait du regard,
Tel qu'un chêne, du pied au faîte.

Un homme comme on n'en voit plus,
Aux membres, au torse d'Hercule,
Près duquel on passait confus
De sa taille trop ridicule.

Il me semble l'entendre encor,
Rouler, ainsi que le tonnerre,
Sa puissante voix de stentor
Qui me faisait rentrer sous terre.

1. L'hésitation naturelle de l'auteur à faire le panégyrique d'un membre de sa famille est tombée devant la *Notice sur la vie et les travaux anatomiques de J.-F. Ameline,* publiée par le docteur Eudes Deslongchamp.

Je sens l'étreinte de ses doigts
Qui me harponnaient au passage,
Et m'élevaient, malgré mon poids,
Jusqu'à hauteur de son visage.

Et sous ses lunettes d'argent,
Scintille, ardent comme une braise,
Son regard dans le mien plongeant...
Oh! j'en suis encor mal à l'aise!

D'autres fois, un grand tablier
Noué tout autour de sa taille,
Je le vois, tel qu'un ouvrier,
Du matin au soir qui travaille;

Arpentant un long bâtiment
Tout rempli d'os, spectacle étrange!
Qu'il ajuste fiévreusement,
Qu'il coupe, taille ou bien mélange.

De cet inextricable amas,
De ces fouillis hétéroclites,
Sortent des jambes et des bras,
Des crânes aux profonds orbites.

Sous son intelligente main,
Tout s'harmonise, se complète,
Os, bois, carton et parchemin
Forment un superbe squelette,

Qui se démonte à volonté,
Dont chaque membre, en sa mansarde
Par l'étudiant emporté,
D'amers dégoûts le sauvegarde ;

Et le prépare peu à peu
A disséquer sans répugnance,
A ne plus se faire qu'un jeu
Des mystères de la science. —

Voilà du moins ce que l'enfant
Qui, de peur, restait en arrière,
Comprenait au discours savant
Que tenait parfois le grand-père.

Il parlait aussi de rivaux,
D'ennui profond et de déboire...
Car de ses précieux travaux,
Un autre recueillait la gloire [1].

Mais un jour, plus fier qu'Artaban,
Il entre, la figure altière.
Un imperceptible ruban
Dépasse un peu sa boutonnière.

---

1. *Sic vos non vobis*. — Épigraphe d'un mémoire ou l'aïeul de
l'auteur, tout en rendant justice aux perfectionnements apportés aux
pièces anatomiques, s'en déclarait hautement le seul inventeur.

C'est le roi qui l'a décoré
De sa main, quand toute la ville
S'est levée et l'a déclaré :
« Le citoyen le plus utile ! »

II

Bonheur ! n'es-tu donc ici-bas
Qu'un fruit décevant pour la bouche,
Une fleur qui naît sous les pas,
Et se fane dès qu'on la touche?

Quelques jours encore... il n'est plus !
Oh ! si sa mort était un rêve
Rempli de ces tableaux confus
Que chasse l'aube qui se lève !

Non. — Le glas sonne. — Tout en deuil,
Et tenant la main de mon père,
J'ai suivi le triste cercueil
A l'église... au champ funéraire.

Ce n'est pas un orgueilleux char
Tout lamé d'argent qui l'emporte,
Ni même un simple corbillard...
Du milieu de l'immense escorte,

Élèves, amis, tour à tour,
Se détachent. Fier de son rôle,
C'est à qui pourra dire un jour :
Je l'ai senti sur mon épaule!

Quatre vieillards majestueux
Tiennent les quatre coins du poêle,
Un huissier s'avance après eux,
Portant sa croix sous un long voile.

Puis, suivent d'un pas triste et lent,
Des savants tout couverts d'hermine;
Dans un profond abattement,
Des soldats à la fière mine.

Aux portes l'on voit accourir
Des enfants suivis de leurs mères;
Tous les passants se découvrir,
Des larmes gonfler leurs paupières.

II

Tout au fond d'un obscur hameau,
Le ciel un jour l'avait fait naître;
C'est là qu'il voulut son tombeau,
Celui qu'on appelait : le Maître!

Là que, dans un pompeux discours,
On a maudit les destinées
Qui n'ont pu faire que ses jours
Soient aussi longs que des années;

Que, dans un récit merveilleux
Dont mon cœur d'enfant se pénètre,
Le voile tombe de mes yeux...
J'apprends, trop tard! à le connaître.

Quoi! sa voix au timbre puissant
Pouvait s'adoucir, se détendre?
Au chevet de l'agonisant,
Se faire caressante et tendre?

Gratis il soignait l'indigent,
Et tout en prêchant la diète,
Lui glissait du pain, de l'argent
Sous son oreiller, en cachette?

Souvent même il vous l'envoyait,
Pour mieux guérir, à sa campagne!
Noble cœur! que n'a-t-il pas fait
Aidé de sa digne compagne!

Qui ne se souviendra longtemps
De l'indescriptible voiture
Que tiraient deux vieilles juments
A la paisible et douce allure?

Où chaque jour se promenaient
Poitrinaire ou paralytique,
Et que les passants saluaient
Comme on salue une relique!

. . . .

A côté des mille bienfaits
Du bon docteur pour le malade,
Un autre orateur, à grands traits,
Nous esquisse son iliade.

Il nous le montre nuits et jours
Travaillant; de ses camarades
Triomphant à tous les concours,
Prenant rapidement ses grades.

Puis, fuyant le débordement
De la première république,
Il s'embarque résolûment
Pour les Antilles, l'Amérique;

Découvre au fond de leurs forêts
Des sucs pour toute épidémie,
En rapporte mille secrets
Qui confondent l'Académie.

Et le nom du jeune docteur
De la santé devient un gage,

Quand un fléau dévastateur
Sur la ville étend son ravage.

Dans ses devoirs et dans ses droits
Puisant une rare énergie,
Seul, il accomplit des exploits
Dignes de la mythologie.

C'est un agent, un espion,
Qu'un jour il arrache à l'émeute,
Dont il se fait le champion
Contre la sanguinaire meute !

Il le soulève à bout de bras,
Le porte au-dessus de sa tête,
Et ce n'est qu'au bout de cent pas,
Quand il est sauvé... qu'il s'arrête !

Plus tard, dans un vaste hôpital,
De leurs lits brisés, les malades
Se font un complet arsenal,
De leurs tables, des barricades.

A leur tour de dicter des lois
Et de vivre à leur fantaisie,
Ils sauront affermir leurs droits,
Conserver leur suprématie !

Lui, sans une arme dans les mains,
Excepté sa modeste canne,
Court sus au chef de ces mutins,
Qui le défie et qui ricane.

Il l'empoigne par le collet,
Sans autre forme de harangue...
A moitié mort, tout violet,
Le malheureux tire la langue !

. . . .

Et que d'anecdotes encor
Sur sa grande et modeste vie,
Passent comme un brillant décor
Devant ma jeune âme éblouie !

IV

Bien des jours se sont écoulés
Depuis ces jours de mon enfance,
Bien des souvenirs envolés
Sur l'aile de l'indifférence.

Son nom, au gouffre de l'oubli,
— Le cœur a si peu de constance ! —

Doit sans doute être enseveli;
Il n'a plus de poids, d'éloquence?

Et le vieux tronc déraciné
A vu grandir, parmi ses mousses,
Quelque rameau prédestiné,
Au milieu de nouvelles pousses ?

Non. Toujours sa mémoire luit
Brillante comme un météore,
Qui change en jour la sombre nuit;
Disparu, que l'œil suit encore.

. . . .
. . . .

J'errais l'autre soir, pas plus tard,
Dans les bas quartiers de la ville,
Quand, bien exposée au regard
Et fixée au carreau fragile

Par quatre pains à cacheter,
Je vois sa tête magnifique,
Et sur-le-champ, pour l'acheter,
Je m'élance dans la boutique.

« Monsieur, fais-je d'un air discret,
Dites-moi, quelle est cette image,

Que vous mettez en étalage ?
— Une image !... C'est un portrait !

— Soit. Combien voulez-vous le vendre ? »
Il me toisa d'un air surpris :
« Le vendre ?... Mais pour aucun prix,
J'aimerais mieux le voir en cendre ! »

Du *bon docteur* il m'entama,
Sans plus tarder, la longue histoire,
Et son récit me confirma
Tout ce que gardait ma mémoire.

Et comme un sourire d'orgueil
Épanouissait mon visage,
Mon conteur se méprend... De l'œil
Me toisant : « Vous doutez ? je gage,

Eh bien, monsieur, tâchez un peu
De mal en parler dans la ville,
Et vous joûrez un bien gros jeu...
J'en mets la main sur l'Évangile ! »

Avril 1874.

TABLE

UN CŒUR D'ARTISTE

Un Cœur d'artiste 3

RÊVES DU FOYER

L'Amour aux champs 37
La Morsure. 41
Dans la Montagne. 46
Délivrance. 51
L'Appétit vient en mangeant. 56
Délire. 63
La vraie Charité 69
L'Anniversaire. 76
Homicide par imprudence. 80
Le Nœud gordien. 86
Le bon Docteur. 93

PARIS. — J. CLAYE, IMPRIMEUR, RUE SAINT-BENOIT, 7. — [559]

J. Claye. Imprimeur.
7. S.t Benoît. 7. à Paris

www.ingramcontent.com/pod-product-compliance
Ingram Content Group UK Ltd.
Pitfield, Milton Keynes, MK11 3LW, UK
UKHW020926140726
13695UKWH00003B/995